Trilogie
Edmondialiste

DLé

Les nouvelles de la trilogie

Adios el mollusquos
L'affaire du parapluie magique
La psychologie de l'ascenseur

*Il existe une suite à la trilogie Edmondialiste
dont le titre est "Taxi voyou"*

Adios el mollusquos

Edmond découvre la non-philosophie

*L'homme qui a inventé le fil à couper le beurre
n'aurait pas dû.*

*L'homme qui n'a pas inventé le fil à couper
la parole aux cons aurait dû.*

*L'homme a une vie qui ne tient qu'à un fil
qui sera coupé quoi que l'homme ait inventé.*

DLé

*L'homme n'a pas tissé la toile de la vie
il n'est qu'un fil du tissu.
Tout ce qu'il fait à la toile, il le fait à lui-même.*

*La terre n'appartient pas à l'homme
c'est l'homme qui appartient à la terre.
Tout ce qui arrive à la terre arrive aux fils de la terre.*

SEALTH, chef amérindien
(C'est plus puissant mais c'était un chef)

Edmond lut et relut ces maximes avec toute la puissance de réflexion que lui permettait son intellect. Doté de telles maximes, il était convaincu qu'il pourrait mener sa vie sans trop se fourvoyer.

Il ne lui restait qu'à étoffer ce socle philosophique dont il pressentait qu'il apporterait à son existence de mollusque la consistance qui lui faisait défaut.

Non pas que le mollusque n'ait pas d'existence propre.

Ou de passion.

Ou de sentiment.
Ou de charme.
Non. Il se trouve simplement que le mollusque n'est guère apprécié par l'espèce humaine.
Ou trop brièvement.
Le plus souvent, le temps d'une aspiration aillée ou vinaigrée et sluuuuuurp ! Et hop ! Et c'est fini !

Adieu le mollusque.
Adios el mollusquos[1].

- C'est très peu, se dit Edmond. Au mieux, est-il possible d'espérer un petit sursis à l'occasion d'une indisposition gastrique de l'ingurgiteur et de revoir furtivement la lumière du jour, le temps d'un spasme stomacal, sinon c'est le trou noir garanti.

Edmond dramatisait.
Il souffrait, certes, du dégoût qu'il provoquait spontanément chez autrui, mais il avait le privilège d'en souffrir autant qu'il voulait.
En fait, à chaque fois qu'il rencontrait quelqu'un.
C'était l'avantage qu'avait Edmond, membre de l'espèce humaine, sur les vrais mollusques.

- Bel avantage, se dit-il, mais pour en jouir pleinement, encore me faudrait-il trouver une philosophie de la vie adaptée à l'humain que je suis, plus proche du pétoncle que de Sylvester Stallone.

Mais le mollusque n'a pas d'élan naturel vers la philosophie.
Le mollusque n'a jamais d'élan vers quoi que ce soit.
Ce serait contre nature.

---

[1] Ce n'est même pas de l'espagnol.

Depuis la découverte de ces maximes, Edmond était convaincu qu'il pouvait négliger l'étude de toute idée philosophique, snober les coaches en développement personnel, dégager les théories d'affirmation de soi et autres foutaises de ce genre, très en vogue chez ses contemporains.

-   Vraiment, l'économie de temps et d'énergie sera considérable. Il ne me reste plus qu'à employer ce temps et cette énergie à autre chose.
    Mais à quoi ?
    Surtout à ne pas philosopher si je tiens à être cohérent avec moi-même.
-   Mais comment parvenir à ne pas philosopher du tout ?
    Il doit falloir être sur ses gardes à tout moment.
    Ça va me mettre dans un état de stress permanent, la peur du dérapage philosophique à deux balles.
    Ça va me pourrir l'existence au point de m'amener à n'utiliser qu'une seule balle.
-   Tiens ! Encore une économie !
-   Lutter pour ne pas philosopher me fera gagner tellement de temps qu'à vingt-cinq ans déjà, je serai mort de stress.
-   Pour une fois, je serais en avance sur mon âge ! se dit-il avec son humour de mollusque.

Et il essaya d'en rire.
Il ne réussit qu'à trembloter misérablement comme un sac de gélatine écœurante.

-   Vraiment, la vie ne tient qu'à un fil, se dit-il, en lavant les haricots verts pour son dîner.

-   Vive la non-philosophie ! comme s'époumonerait le con qui cause toujours, vu que l'autre n'a toujours pas inventé le bon fil.
-   Oui, vraiment la vie ne tient qu'à un fil, se répéta-t-il.
Et il commença l'effilage des haricots pour son dîner.

Edmond rate sa carrière et doute

« Elle n'a pas eu de chance, quand on y pense,
dans l'existence
Sa vie fut pathétique, problématique, pathologique »
Nino Ferrer, Justine

Edmond n'avait pas eu de chance dans la vie.
Dans la vie en général et dans la vie professionnelle en particulier.
Chacune de ses initiatives pour trouver un emploi l'avait plongé plus profondément encore dans l'état de ramollo congénital.
-       À me dégoûter d'essayer de me raffermir.
        Et pourtant, j'ai sincèrement essayé mais un sort funeste s'acharne contre moi pour que je ne me redresse jamais. J'ai toujours eu des problèmes d'érection, quel que fût l'objet de mon intérêt.
        Je suis un mollusque jusqu'au-boutiste, un intégriste, pur et dur. Enfin … surtout pur.

Edmond dut déployer des efforts considérables pour mener à bien de médiocres études de droit qui lui permirent de décrocher le titre de clerc d'huissier.
Sa première expérience professionnelle ne dépassa pas le cap de l'entretien d'embauche.
Il en gardait un souvenir si terrifiant que, s'il avait eu l'occasion de raconter cet épisode, personne ne l'aurait cru tant cela ressemblait à une séance de torture psychologique infligée par des agents de la Stasi.
Il en rêvait une nuit sur deux.
L'autre nuit était encore plus cauchemardesque. Il rêvait de sa seconde expérience dans une miteuse étude d'huissier

qui avait bien voulu lui donner l'opportunité d'exercer son métier.

Il avait cru y rester.

Ce qui était le cas puisqu'il en rêvait presque chaque nuit.

Sa première expérience l'avait traumatisé au point de le faire régresser dans l'ordre des mollusques.

Edmond avait toujours eu la conviction qu'il manquait de présence, de pertinence, mais il lui semblait, quand même, ressentir un tout petit quelque chose, de ténu certes, mais qui, peut-être, aurait pu témoigner d'un soupçon de consistance.

Il s'identifiait volontiers, en toute modestie, aux gastéropodes avec leurs coquilles rassurantes.

Les jours de grand optimisme, il ne résistait pas au plaisir de s'identifier à un bivalve, de préférence à une palourde de l'Atlantique, avec sa coque quasiment indestructible.

Cet état de grâce vola en éclat lors de l'effroyable entretien d'embauche qu'il passa dans un grand cabinet d'huissiers.

Il entra en fier gastéropode.

Il ressortit en humble limace.

Tout nu, quoi. Tout désemparé.

Disparue, l'assurance de l'escargot qui traverse la vie en père peinard, sa bicoque sur le dos, avec le frigo bien rempli.

Disparue, la réconfortante sensation d'être protégé par deux solides coquilles, entr'ouvertes juste assez pour laisser passer l'eau bien iodée, bien tempérée de l'océan Atlantique.

Il se sentait comme dans ces vilains rêves où l'on se retrouve marchant, tout nu, au mieux avec le haut d'un pyjama trop court, parmi des gens habillés.

Une sensation très désagréable le temps d'un rêve. Mais pour Edmond, cette sensation était permanente.

Il vivait le stress de la limace dans un chemin de grande randonnée le jour où débarquent une centaine de bouffeurs de kilomètres avec leurs grosses galoches meurtrières.
Un stress redoutable.

Le premier drame : l'entretien d'embauche dans cet illustre cabinet où l'on considère que les collaborateurs doivent se comporter comme des agents secrets, avoir le sang-froid de commandos d'élite, être dotés d'une force de caractère hors du commun et être dévoués corps et âme à leur compagnie.
Des esprits bien trempés et *corporate*, des « Men In Black ».

Edmond ne s'expliquait pas comment ce cabinet avait pu retenir sa candidature pour un entretien. Par contre, il se rappelait chaque seconde de cet épisode qui avait failli le désintégrer en plein vol. Même si l'image se prêtait mal aux gastéropodes et aux palourdes.
Voici comment il revivait cette scène, une nuit sur deux.
Dès son arrivée dans les locaux du cabinet, il lui fut attribué le nom de X. Pas de quoi l'aider à affirmer sa personnalité.
-     Encore un désagrément, pensa-t-il. Un signe, peut-être.

X fut appelé par un micro nasillard et sèchement invité à pénétrer dans une pièce.
La porte se verrouilla automatiquement derrière lui.
Il y avait deux chaises en métal autour d'une table fixée au sol.
Un type était assis. Un type glacial, quasiment aussi expressif que le général Jaruzelski un jour de grande contrariété totalitaire.
Edmond s'assit à son tour.

Edmond s'était donné du courage en ingurgitant trois vodkas, à jeun. Des doubles.

Il était pratiquement ivre et l'alcool avait renforcé son anxiété morbide.

Il engagea la conversation. Il était comme ça, Edmond, mou et bavard.

Bavard comme ceux qui sont terrorisés par le silence, par le vide.

Et qui se lance dans le vide.

Le jeu de rôles pouvait commencer et le jeu de massacre commença.

Edmond passe un entretien d'embauche

« Arrête de t'angoisser, mon pote
Tu n'es qu'un beau robot
Une mécanique débile »
Nino Ferrer, Le retour de Monsieur Machin

X : *[avec l'élocution d'un homme éméché]* Bonjour Monsieur.

Y : *[long silence]*

X : *[hésitant]* Bonjour Monsieur. Je suis Monsieur X. Je suis ici pour passer un entretien d'embauche. Et vous, vous êtes qui ?

Y : *[silence]*

X : *[d'un filet de voix]* Je ne voudrais pas vous importuner. Vous préférez peut-être que je me taise ?

Y : Non.

X : Tant mieux, parce que je suis tellement stressé par … par un peu tout que … j'ai besoin de parler à quelqu'un. Vous comprenez ?

Y : *[silence]*

X : *[refoulant un renvoi de vodka]* Dites-moi, c'est un peu délicat de parler de ça avec vous mais … je voudrais vous demander si vous aussi … vous avez déjà eu peur d'être écrasé … enfin … de mourir écrasé par … ou de mourir subitement ?

Y : *[silence]*

X : Tout le monde a peur de la mort. Il parait que même les palourdes de l'Atlantique ont peur de la mort … alors vous aussi, vous devriez. Il n'y a pas de raison.

Y : *[silence]*

X : Il n'y a pas de honte à avoir peur de la mort.

Y : *[silence]*

X : Alors, vous aussi, vous devez avoir peur.

Y : Non.

X : Vous êtes sincère ?

Y : Non.

X : Alors vous mentez lorsque vous dites ne pas avoir peur.

Y : Non.

X : Alors … vous n'avez pas peur ?

Y : *[silence]*

X : Je n'insiste pas. *[Nouveau renvoi de vodka]* De toute façon, je ne me sens pas bien, je vais m'en aller.

[Il va à la porte qui est verrouillée] Vous pourriez m'ouvrir la porte ?

Y : *[silence]*

X : Vous n'avez pas la clef ?

Y : *[silence]*

X : *[angoissé]* Vous savez qui a la clef ?

Y : *[silence]*

X : *[suppliant]* Il faut que je sorte, je vais être malade.

Y : Non.

X : Je sais mieux que vous si je vais être malade.

Y : Non.

X : Vous êtes fou, vous répondez non, toujours non.

Y : *[silence]*

X : Savez-vous comment sortir de cette pièce ?

Y : *[silence]*

X : *[il se rassoit]* Mais qu'est-ce que je fais ici ? Pourquoi vous ne dites rien ? Pourquoi ils m'ont fait entrer dans cette pièce ? Ils me testent ou quoi ?

Y : *[silence]*

X : *[la tête entre les mains]* Je vais me réveiller. Je vais retrouver mes esprits et tout va rentrer dans l'ordre. Vous n'êtes qu'une hallucination. Vous allez disparaître. Un petit exercice de sophrologie et tout sera réglé.

[X se tait, essaie de se relaxer puis dodeline doucement de la tête, il se met à somnoler]

Y : *[en hurlant et en tapant sur la table]* NON, NON, NON et NON !

X : *[réveillé en sursaut]* Quoi ? Pourquoi vous avez crié comme ça ?

Y : *[silence]*

X : Pourquoi vous avez crié comme ça ?

Y : *[silence]*

X : Je ne vous parle plus, ça ne sert à rien.

Y : *[en hurlant et en tapant sur la table]* NON, NON, NON et NON !

X : *[paniqué]* Cette fois, je vous ai bien entendu. Vous ne pouvez pas nier, vous avez hurlé comme un fou.

Y : *[silence]*

X : Hein ?

Y : *[silence]*

X : Hein ?

Y : *[silence]*

X : Mais dites quelque chose ! Un mot … rien qu'un mot …

Y : *[silence]*

X : Dites quelque chose !

[Un long silence]

X : Pourquoi vous me regardez fixement ?

Y : *[silence]*

X : *[mal à l'aise]* Mais merde ! Arrêtez de me fixer comme ça.

Y : *[silence]*

X : *[paniquant]* Ça suffit ! Arrêtez de me regarder. On dirait un psychopathe. Vous … vous n'êtes pas psychopathe ?

Y : *[silence]*

X : *[à l'agonie]* Si vous pouviez arrêter de me fixer, ça me rend vraiment nerveux …

Y : *[silence]*

X : *[en criant]* Mais arrêtez de me fixer comme un malade. Je vous laisse tranquille, moi !

Y : *[silence]*

X : *[hystérique, il se jette sur la porte et cogne dessus]* Ça suffit ! Vous m'emmerdez tous ! Je veux sortir. Ouvrez cette putain de porte … Ouvrez la ou je la défonce, ouvrez …

La porte s'ouvre brusquement. Y sort, impassible.
Z : Qu'est-ce qu'il vaut ?
Y : Pas de nerf. À dégager.
Z : OK. On le dégage.

Y et Z partent chacun de leur côté.
X, effondré, sanglote. Il a le visage enfoui entre les mains, trempées de larmes et de bave. Comme du mucus d'escargot, une forte odeur de vodka en plus.

Edmond souffre du syndrome du stress post traumatique

*« Dans cette ville où tout est triste
Je suis un escargot sinistre.
Je me recroqueville et m'enkyste »*
Nino Ferrer, Riz complet

- Le choc fut terrible, se rappelait Edmond. Terrible, terrible, terrible.

Le terme qu'utiliserait un psychothérapeute amateur pour décrire son état post traumatique serait *légumification*.
Edmond était devenu un mollusque légumifié.
Autant dire qu'il ne rebondit pas immédiatement.
Il resta quelques semaines aussi tonique qu'un escargot après dégorgeage, complètement amorphe, recroquevillé dans son lit la plupart du temps.

- Soyons honnête, reconnut Edmond. C'est l'état dans lequel je m'affirme le mieux. Et pour peu que je trouve un bon prétexte, je ne vais pas me faire prier pour m'y vautrer.
- Mais les meilleures choses ont une fin, se lamenta-t-il.

À bout de ressources financières, il décida de rendre visite à un oncle qui vivait à la campagne pour s'y faire entretenir quelque temps.

- Ce sera toujours ça de pris avant de retourner affronter la vie avec les autres, les gens normaux … les agités.

Et il poussa un profond soupir.

Edmond rend visite à son tonton et rencontre la Prim'Holstein

*« Ceux-ci, comme on le pense, n'eurent pas de chance
dans l'existence,
Ils furent opprimés, excommuniés, homicidés.
Ce fut une triste famille sans intérêt »*
Nino Ferrer, Justine

L'oncle était un petit propriétaire terrien, vêtu de pantalons en velours et de vestes côtelées, un notable de village, un roturier aspirant à se donner des airs de petite noblesse.

Il avait longtemps espéré marier son idiot de neveu avec un équivalent féminin en la personne de la fille d'un autre nobliau de son acabit.

Un espoir qu'Edmond ruinait systématiquement sans même sembler comprendre ni de qui ni de quoi il retournait.

Le tonton profita de la venue du neveu pour tenter la manœuvre de la dernière chance.

Il décida d'adopter le style qu'il pensait être le *must* de la finesse oratoire et le seul convenable pour un homme de son rang : la circonvolution.

Le tonton avait, sur ce qui lui restait de terres, une grosse mare.

« Un petit étang », comme il aimait à dire à ses relations, dans lequel vivait une bonne vieille carpe de quinze ans d'âge et pesant vingt kilos.

- Tu vois, Edmond, je la pêche régulièrement et je la relâche à chaque fois en ne lui infligeant qu'une petite blessure à la lèvre.

Le vieil hobereau éprouvait une satisfaction à chaque fois qu'il l'attrapait et davantage encore quand il la relâchait. Il regardait avec fierté les cicatrices qu'il avait laissées sur les lèvres de la bonne vieille carpe et il évaluait le temps dont elle aurait besoin pour cicatriser avant qu'il ne puisse retenter sa chance.

Il regarda Edmond avec une telle intensité qu'il mit son neveu à l'agonie.
- Tu me comprends, Edmond, n'est-ce pas ?
- ...
- Tout est question de dosage. Surtout ne pas aller trop loin, surtout ne pas porter l'estocade. Jamais. Chacun connaît ses limites et celles de l'autre, chacun connaît les capacités de cicatrisation de l'autre. Alors, dans ces conditions, ça peut perdurer.

Son oncle lui précisa, en le fixant encore plus intensément :
- Attention : si le marigot côtoie une eau plus claire, il y a un risque de rupture d'équilibre et de fuite. Mais si le marigot est complètement fermé, il y a un risque d'asphyxie. Tout est question de dosage, tout est là. Tu me comprends, Edmond ?
- ...
- Edmond ?
- Hein ? fit Edmond, tout ratatiné, dont les pensées, par instinct de survie, s'étaient spontanément échappées vers les eaux bien iodées et tempérées de l'océan Atlantique dans lesquelles baignaient ses amies les palourdes.
- Je te demandais si tu avais bien compris mon propos, si tu en avais tiré quelques enseignements pour ta gouverne ?
- Hein ? fit Edmond, qui n'avait pas récupéré de son entretien d'embauche.

Tu sais, tonton, je ne suis pas très féru de pêche.
-    Mais qu'il est con ! s'étrangla son oncle.
Mon pauvre Edmond, si tu ne réagis pas rapidement tu vas finir en flaque. Je ne te parlais pas de pêche, bougre d'idiot, mais de la vie de couple. Tu pourrais au moins comprendre mes allusions, merde !
Ça fait au moins dix fois que je t'en parle et tu sais pourquoi ?
Tu sais pourquoi, quand même ?
Enfin ! Tu sais à qui je pense ? Tu vas bien finir par te marier, non ?
Alors, à ce moment-là, il faudra bien te rappeler les conseils de ton oncle.
D'accord ?
-    ...
-    D'accord, Edmond ? s'impatienta l'oncle.

Edmond n'avait jamais autant rêvé aux eaux bien iodées et bien tempérées de l'Atlantique.
Et à s'y plonger immédiatement, complètement, définitivement.
Ces eaux si loin de son tonton et du Gers.

-    D'accord, Edmond ?
-    Oui, tonton ... mais pourquoi tu voudrais que je me marie ? Et avec qui ?

Son oncle le regarda, incrédule.
Incrédule et cramoisi.
Comme on regarde une bitte d'amarrage dans le Gers.
Sans rien espérer.

Edmond passait les après-midis dans les champs.
Il pouvait ainsi éviter son oncle dont il n'avait jamais très bien compris ni les propos ni les intentions, mais cette

nouvelle perversion mentale qu'étaient les circonvolutions allégoriques était au-dessus de ses forces.

-       Cet homme est vraiment trop humain, se dit-il avec consternation.

Il passait ses après-midis dans les champs.

Il y retrouvait un animal qui le fascinait, qui lui donnait presqu'envie de quitter sa confrérie de cœur, la confrérie des mollusques, pour rejoindre celle de sa nouvelle amie.

Son physique ne lui permettait pas de s'identifier de manière réaliste avec la bête mais il se sentait en osmose spirituelle avec elle.

Il existait beaucoup de similitudes comportementales entre eux, autant dans la situation favorite d'Edmond, celle du ramollo au repos, que dans celle qui le mettait au supplice régulièrement, la situation de panique videuse de tête.

Sa nouvelle amie était une Prim'Holstein[2] de huit cents kilos.

Cette bestiole l'impressionnait.

Elle passait des heures à brouter, peinarde dans son champ, sans un seul mouvement brusque. Elle se déplaçait mais cela ne se voyait pas. Une magicienne du mouvement imperceptible qui lui permettait d'être exactement là où elle voulait être.

Une perfection.

La perfection du geste juste, au plus près de l'économie absolue.

Et visiblement dotée de deux volontés farouches : celle de ne pas être emmerdée et celle de n'emmerder personne.

-       Je l'aime, susurra-t-il, en regardant cet être inaccessible. Je l'aime.

---

[2] La Prim'Holstein est une race bovine laitière française.

Il ne quittait plus la vache des yeux. Il synchronisait ses pensées sur le rythme de broutage, sa respiration sur le rythme de masticage. Il se reposait profondément, viscéralement. Il était pleinement éveillé et hors du temps.
Il avait trouvé le tempo idéal et jouissait sereinement de la compagnie de son imposant métronome. Il était bien.

Mais toute situation idyllique est destinée à être perturbée, tôt ou tard, par des événements qui rompent l'harmonie de l'instant présent, chez la Prim'Holstein comme chez les êtres vivants plus dynamiques.
-      Beaucoup trop dynamiques d'ailleurs, pensait Edmond. Et ce n'est pas ce qui manque, les excités en tout genre sur cette planète. Mais quand on fait partie d'une minorité molle et lente, on serre les dents et puis c'est tout ... on serre les dents ou les valves, s'empressa-t-il de rectifier, par solidarité avec les palourdes de l'Atlantique.

Un jour, la Prim'Holstein prit peur.

Edmond, qui l'observait avachi sous un pommier depuis quatre heures, ne comprit pas ce qui fit peur à sa copine, cette bonne vieille Prim'Holstein.
Il vit la panique lente arriver dans les yeux de la vache qui leva, pour une fois, légèrement la tête et arrêta de mâchouiller, comme si elle réfléchissait.
Il distingua l'immobilité et la vacuité de son regard, à cet instant, de l'immobilité et de la vacuité habituelle de broutage.
Il entrait en résonance avec elle par vibrations ... non, par quelque chose de plus subtile que des vibrations, il était en fusion avec l'être sensible de son amie.
Les huit cents kilos de la Prim'Holstein l'empêchaient d'évacuer la peur par le mouvement, la fuite. Elle devait

l'encaisser au ralenti, de plein fouet, sans pouvoir esquiver, avec rien d'autre que sa masse pour se rassurer et pour impressionner.
Et elle impressionna Edmond.
La grosse Prim'Holstein donnait l'impression de contrôler la situation.
Elle semblait rayonner d'une véritable puissance *zénitique* alors qu'Edmond savait pertinemment qu'elle était en plein désarroi.
Son flegme n'était rien d'autre que le poids démesuré du vide, d'un vide paralysant et envahissant toute la cavité crânienne.
Edmond connaissait.
La vacuité intérieure de la bête pouvait passer pour de la réflexion, la réflexion qui précède l'action.
Sauf que dans son cas, il n'y avait pas de réflexion, il n'y avait pas d'action.
Ce qui peut bluffer les non-initiés à la Prim'Holstein qui se demandent d'où provient la mystérieuse force intérieure qui produit cette tempête de calme.

Quand le néant intégral provoque chez autrui le doute et la perception d'une puissance indéniable.
Même une vache Prim'Holstein dans son champ peut y arriver.

Edmond se dit qu'il y avait une leçon à tirer de l'expérience à laquelle il avait eu le privilège d'assister, sous son pommier. Une prodigieuse leçon, même.
Il chercha mais ne parvint pas à synthétiser quoi que ce fût.

Il rentra chez son oncle qui le vira manu militari avec toute l'exaspération du type qui ne supporte plus de contempler une bitte d'amarrage en plein Gers granitique.

Adieu gentille carpe.
Adieu gentille vache Prim'Holstein.
Adieu votre calme délicieux.

Vous mériteriez des statues sur chaque place de nos villes et villages pour rappeler à tous ces sprinteurs du quotidien ce que sont le charme de la lenteur et la profondeur reposante du vide tirant vers le néant bienfaiteur.

Et de toute façon, ne couraient-ils pas tous vers ça ?
Alors pourquoi ne pas vénérer celles qui étaient en avance de phase ?
Mais les gens allaient trop vite pour les apprécier.

-   Quand on pense qu'il suffirait qu'ils s'arrêtent ... même pas ... qu'ils ralentissent un peu, pour être moins cons, se dit Edmond en soupirant.
-   Ça y est, se réjouit-il, j'en ai tiré une leçon.

Et Edmond retourna à la ville.

Edmond entre dans la carrière d'huissier

*« Et elle dut se remettre au labeur
Ce fut son premier malheur »*
Nino Ferrer, Justine

Edmond trouva un emploi dans une médiocre étude d'huissier.

Médiocre mais qui avait renoncé à l'ignominieuse pratique de l'entretien d'embauche. Le diplôme d'Edmond et ses maigres références s'étaient révélés suffisants pour lui procurer un passeport vers un emploi rémunéré.

Edmond ressentit de délicieux picotements sur l'échine dorsale, il lui semblait qu'une coquille était en train d'y éclore et il s'imaginait déjà rejoignant le jardin d'Eden des gastéropodes.

Il en bavait de contentement.

Il envisageait, pour la première fois, une vraie vie, avec femme et enfants et belle famille et traites à payer et tout le bazar qui va avec.

Mais la réalité le repéra, le rattrapa et l'écrasa.

Vivre en gastéropode vous expose inévitablement aux risques de la vie de gastéropode.

Son nouvel employeur lui fit confiance et l'envoya pratiquer des saisies en solo.

Le singulier conviendrait mieux car Edmond ne pratiqua qu'une saisie.

Soyons précis : Edmond ne fit qu'un seul déplacement professionnel dans le but de pratiquer une saisie qu'il ne pratiqua pas, étant saisi lui-même par la terreur que lui causa la personne à saisir.

Edmond ne disposait pas des qualités nécessaires pour appliquer la technique que lui avait enseignée son amie, la Prim'Holstein, dans son champ : utiliser sa masse corporelle pour contrer la panique.

Edmond, lui, vola en éclats.

Peut-être resta-t-il impassible, au mieux, deux à trois secondes. Non par un fugace contrôle de la situation, mais parce que c'était le délai dont avait besoin son organisme pour préparer le moment qu'il exécrait par-dessus tout, le moment où il allait vomir.

Pendant ces deux à trois secondes, il vivait par anticipation, l'abomination absolue des quarante secondes que dure un vomissement moyen en France métropolitaine.

Il vomit, comme à son habitude, copieusement et bruyamment.

Au réveil, en dépit de l'acidité caractéristique qui réside dans une bouche ayant refoulé sans avoir été rincée, Edmond n'avait aucun souvenir de ce qui s'était passé dans l'exercice de ses fonctions.

Il se retrouvait, ce matin-là, nauséeux mais dans son lit.

Comme à son habitude, il bava.

Puis, les souvenirs des événements lui revinrent par bribes et il se recroquevilla sous la couette tant ils étaient insupportables.

- Au moins suis-je vivant et indemne, se dit-il. Au chômage mais vivant.

Il voyait la promesse de coquille s'estomper inexorablement, comme si des professionnels la lui avaient saisie et chargée dans un camion qu'il regardait s'éloigner.

-    Salauds d'huissiers du quotidien ! Ils ne me ratent jamais. Ils ont dû décrocher une mention spéciale pour faire chier le monde avec autant d'efficacité.

Et il se rendormit.

Que s'était-il passé le jour où Edmond tenta d'exercer sa charge d'officier de justice ?

Il s'était donné du courage en ingurgitant, à jeun, trois cognacs. Des doubles.

Trop pour Edmond, ou plutôt pour X, comme il se désignait lui-même depuis sa précédente mésaventure professionnelle.

Edmond pratique le métier d'huissier

« Mais c'était couru d'avance,
Elle n'eut pas de chance
Dans cette expérience »
Nino Ferrer, Justine

[X, en équilibre instable, sujet à des renvois gastriques libérateurs de vapeurs de cognac, frappe à une porte]
Y : Qu'est-ce que c'est ?
X : Je suis huissier de justice. Je suis mandaté pour pratiquer une saisie. Veuillez ouvrir la porte.
Y : *[une femme élégante ouvre la porte]* À qui ai-je l'honneur ?
X : *[bravache]* Je suis huissier de justice, officier ministériel, chargé de faire payer les mauvais payeurs.
Y : Monsieur l'huissier, je suis ravie de faire votre connaissance. Quel bon vent vous amène ?
X : Je viens pratiquer la saisie de vos biens.
Y : Une saisie ? Et pour le compte de qui, Monsieur ?
X : Un de vos créanciers, la Sodamco.
Y : Je ne me souviens pas de cette Sodamco. Qui sont ces gens ?
X : Une société de crédit à laquelle vous devez soixante mille euros.
Y : Soixante mille euros ! Et que puis-je faire pour vous, précisément, Monsieur l'huissier ?
X : Vous devez payer sur le champ ou je vous saisis.
Y : Enfin Monsieur, je suis une femme mariée !
X : Je veux dire … je saisis vos biens … évidemment.
Y : Mais pourquoi feriez-vous cela ?
X : Vous avez refusé de payer malgré les mises en demeure. Aussi, je vous demande pour la dernière fois : êtes-vous disposée à payer aujourd'hui ?
Y : Je ne sais pas trop, il faut voir …

X : Cette réponse n'est pas satisfaisante. Je vais devoir procéder à la saisie.

Y : Vous semblez beaucoup y tenir !

Mais attendez encore un peu, mon mari va arriver d'un instant à l'autre avec de l'argent frais. On est mardi donc ça devrait faire deux sacoches pleines, au moins.

X : Des sacoches pleines d'argent ! Mais d'où vient cet argent ?

Y : De ses affaires

X : Quel genre d'affaires ?

Y : Mon mari est un homme d'affaires qui règle des affaires avec d'autres hommes d'affaires qui ont pris du retard dans les affaires. Vous voyez ?

J'espère que le paiement en liquide n'est pas un problème pour vous ?

X : Je dois savoir d'où provient cet argent. Je suis huissier de justice, officier ministériel, assermenté auprès du tribunal de grande instance, je ne collecte pas d'argent sale.

Y : L'argent de mon mari n'est pas sale, il est issu d'un canal moins conventionnel que le vôtre, j'en conviens, mais vous savez, tout bien réfléchi, mon mari est dans la même branche que vous. Vos pratiques diffèrent mais la finalité reste la même.

X : Que fait-il ?

Y : Comme vous, il s'efforce de faire payer les mauvais payeurs.

X : Pourquoi ces gens payent en liquide ?

Y : Je préfère que vous discutiez des détails avec mon époux. Entre professionnels, en face à face, vous allez vous comprendre.

X : Je ne pense pas que nous pratiquions la même profession. Mais peu importe, je dois saisir.

Y : Procédez, Maître, procédez. Mais si vous saisissez d'une manière qui ne correspond pas à l'idée que mon mari se fait d'une saisie raisonnable, il devra faire, avec ses collaborateurs, une saisie rectificatrice chez vous.

X : Vous … vous me menacez ?

Y : Pas du tout. Vous prenez quelque chose ?

X : Je ne bois jamais pendant mon service.

Y : Je voulais dire : vous saisissez quelque chose ?

X : Finalement … Je vais juste jeter un coup d'œil et je reviendrai un autre jour.

Y : Vous devez procéder à la saisie. Un officier ministériel ne peut renoncer à son devoir parce qu'il en aurait été dissuadé par une simple femme.

X : Je ne renonce pas … je reporte. Le moment est mal choisi, c'est tout. Et je ne me sens pas bien, je vais être malade. Je vais m'en aller.

Y : Je crains que les collaborateurs de mon époux, de l'autre côté de la porte, ne soient pas de cet avis.

X : Je ne voudrais pas les contrarier.

Y : Vous avez raison, je savais qu'un homme de votre qualité comprendrait que soixante mille euros ne sont que peu de choses. Il y a tellement plus important à préserver.

X : Néanmoins la Sodamco réclame son argent, c'est bien naturel.

Y : Bien sûr, il faut que chacun paye ses dettes, mon mari adhère totalement à ce principe et le fait appliquer avec grande rigueur. Par contre, il apprécie peu que des tiers se mêlent de ses propres affaires.

X : Je ne voudrais pas interférer plus que de raison mais d'après le dossier, vous auriez ignoré les relances de la Sodamco.

Y : Allez-vous remettre en cause la bonne foi de mon époux, un être de chair et de sang, qui ne va pas tarder à rentrer d'ailleurs, au profit d'un organisme anonyme comme la Sodamco ?

X : Vous pourriez payer en plusieurs fois ... il y a moyen de s'arranger ...

Y : C'est mieux mais insuffisant pour empêcher mon époux d'exprimer la puissance de son mécontentement face à ce contretemps, que vous incarnez, dans sa maison.
X : Je ne peux pas annuler une dette d'un revers de la main.
Y : Si vous saviez ce que mon mari arrive à obtenir d'un simple revers de la main.
X : J'aimerais vous rendre service mais je ne vois pas comment.
Y : Je ne vois pas comment non plus, en revanche, je vois très bien ce que mon mari va devoir faire … Justement, je l'entends qui arrive et il n'a pas l'air de bonne humeur. Quand il hurle et balance ses affaires comme ça dans le hall, ça veut dire que sa journée a été exécrable et une nouvelle contrariété, à soixante mille euros, ne va rien arranger.
Monsieur l'huissier ... vous n'avez pas l'air dans votre assiette, vous sentez-vous mal ?
X : Il faut que j'aille aux toilettes ... vite ...
[X vomit]
Y : Vraiment, les officiers ministériels ne sont plus ce qu'ils étaient.

Edmond vomit le métier d'huissier

« Mais le travail est triste,
L'effort funeste,
La sueur néfaste »
Nino Ferrer, Justine

Il vomit donc.

Edmond tente de rebondir

« Elle connut alors des temps d'inquiétude et de misère »
Nino Ferrer, Justine

Edmond faisait peine à voir, après une semaine passée cloîtré chez lui, réfugié sous les draps, se nourrissant de biscottes et d'eau du robinet.
Son visage, peu ragoûtant à l'ordinaire, était extraordinaire.
Il croisa son voisin de palier à qui il adressa le bonjour.
L'autre le dévisagea et s'éloigna sans un mot.
-    Onc ne vis-je pareille tête de onc, ne put s'empêcher de marmonner le voisin de palier.
Il ne croisa pas la jolie sœur du voisin qui, l'entendant arriver, referma sa porte juste à temps puis la rouvrit prudemment.
-    Ouf, il est parti, cette espèce de ouf, ne put s'empêcher de marmonner la jolie sœur.

Edmond devait trouver du travail.
Il avait abandonné toute idée de faire carrière dans le monde du huissariat et renoncé aux entretiens d'embauche.
Il commença ses recherches à sa manière, sans méthode, à l'instinct.

Il alla voir un ami.
Son ami ouvrit la porte, le dévisagea et lui dit spontanément :
-    Va te faire foutre.
Et il lui claqua la porte au nez.
Edmond décida de rompre avec son ami, il n'aimait pas les amis trop intrusifs.

Il alla voir une amie.

Son amie ouvrit la porte, le dévisagea et lui dit spontanément :
- Merde ! Il ne manquait plus que cette face de raie pour me niquer la journée.
Et elle lui claqua la porte au nez.

Il n'osa pas retourner chez son oncle du Gers malgré son envie quasi irrépressible de revoir son amie, la vraie, la Prim'Holstein.

- Voilà, se dit-il, je crois avoir fait le tour de mon réseau social.
Et seulement alors prit-il conscience de la maigre récolte.
- La récolte est maigre, admit-il.

Alors qu'il déambulait sans but précis dans les rues de son quartier, il vit le reflet de son visage dans la vitrine d'un magasin et convint qu'il y avait matière à agir d'urgence.
Sa barbe de huit jours, les miettes de biscottes, les petites croûtes de vomi datant de la fin de sa carrière d'huissier, les yeux cernés de matières sèches et jaunes produites par une conjonctivite chronique, lui donnaient l'air d'être en état de décomposition.
Il rentra chez lui et prit une douche.
Il se rasa et se coupa.

Le lendemain, il croisa la jolie sœur du voisin de palier à qui il adressa le bonjour.
Elle l'ignora, totalement sidérée, incapable de marmonner quoi que ce soit. A sa décharge, il faut reconnaître qu'elle le rencontrait pour la deuxième fois de la semaine.

Il lui fallait continuer à chercher un travail mais il décida de remettre cette recherche au lendemain. La rencontre décevante avec la jolie voisine l'avait convaincu que la journée ne serait pas propice aux initiatives, quelles qu'elles fussent.

- Et tant qu'il me reste quelques biscottes, pourquoi irais-je travailler pour gagner mon pain quotidien ! se dit-il avec son humour de mollusque.

Et il essaya d'en rire.

Mais il ne réussit qu'à trembloter misérablement, comme un sac de gélatine écœurante.

Avec une impression de déjà vécu.

Il vit le reflet de son visage dans le rétroviseur d'une voiture et constata qu'il y avait encore quelques retouches à apporter.

Les croûtes de sang séché, les petites zones mal rasées, les yeux cernés de matières jaunes -mais fraîches, cette fois - lui donnaient un air de pizza décongelée.

Il fit un brin de toilette et se demanda s'il ne devait pas en profiter pour retenter sa chance auprès de son réseau social.

- Après tout, qu'est-ce que je risque ? se demanda-t-il.

Il retourna voir son ami.

Son ami ouvrit la porte, le regarda, totalement pétrifié, incapable de dire quoi que ce soit et referma la porte doucement, sans même avoir la présence d'esprit de la claquer.

Il retourna voir son amie.

Son amie ouvrit la porte, le regarda, totalement sidérée, incapable de dire quoi que ce soit et referma la porte doucement, bouche bée, sans même avoir la présence d'esprit de l'injurier.

Son oncle habitait trop loin. Son amie, la seule, la Prim'Holstein, aussi.

- Quel dommage, se dit-il.

Néanmoins, il estima que la seconde revue de son réseau social était encourageante car les réactions de ses amis avaient été moins hostiles que la première fois.
Edmond veillait, de temps à autre, à positiver.
- Il faut que je persévère dans cette voie. Demain, je retournerai les voir et en plus, je changerai de chemise.
Edmond veillait, parfois, à positiver deux fois dans la même journée.

Il passa le reste du temps à ne rien faire, assez satisfait de ses initiatives récentes et des résultats obtenus. Il rentra tôt chez lui, mangea quelques biscottes, but de l'eau au robinet et l'estomac bien gonflé, se glissa entre les draps. Il trouva le sommeil, celui du juste qui estime avoir accompli une bien bonne journée.
Il rêva de Prim'Holstein, de palourdes de l'Atlantique, de gastéropodes dodus et, ce qui n'arrivait que lors des grandes occasions, du bénitier géant, le célèbre Tridacna Gigas, le plus gros mollusque bivalve du monde avec ses trois cents kilos, baignant dans les eaux tièdes et turquoises de la mer rouge, accroché aux récifs coralliens.

- Mon dieu, que le monde paisible des mollusques est merveilleux. Pourquoi est-il si peu apprécié ? se demanda-t-il dans son rêve.

Le rêve était parfait, extraordinaire.

Évidemment, le petit matin arriva.
Edmond se réveilla, lové au plus profond de l'ouate douce et voluptueuse de son rêve.

Il était complètement enfoui dans une grosse boule chaude qui le protégeait contre le froid, la lumière, le bruit, les chocs, les hommes, la pesanteur, la réalité.
Il était le tout petit quelque chose enfoui au milieu de cette grosse boule de perfection moelleuse et maternelle.
Que c'était bon.

-       Pourquoi doit-il exister autre chose ? fut sa dernière
        pensée avant l'atterrissage.

Il sentit progressivement la couverture ouatée se déliter, la température idéale cesser de l'être, la lumière l'atteindre, moche et brutale, des bribes de sensations délicates se détacher, se détacher, se détacher sans qu'il puisse les retenir.

Et pire que tout, l'horreur absolue dans ces moments-là : l'envie irrésistible de faire pipi.
L'obligation non négociable de se lever.
L'obligation de quitter la délicieuse chaleur du lit pour aller uriner.
Il fut saisi par le froid de la pièce, la saloperie de lumière glauque du matin et tout ça pour satisfaire ce besoin sordide.
Il tenta de se raccrocher à l'image du Tridacna Gigas, plongé dans les eaux chaudes de la mer rouge, mais il ne réussit qu'à pisser à côté de la cuvette.
Il resta debout, immobile, frissonnant, pieds nus sur le sol glacé des chiottes, sonné comme un boxeur par la merde du jour. En clair, par la réalité.

Encore un atterrissage en catastrophe.

Edmond élabore une stratégie

*« Elle n'avait plus d'argent pour les rutabagas,
la soupe au tapioca et les petits extras »*
Nino Ferrer, Justine

Le stock de biscottes touchait à sa fin.
Il fallait qu'Edmond réagisse d'urgence et c'était exactement le type de situation qu'il redoutait.
Il était capable de rester bloqué pendant des heures avant de prendre une décision. Même les plus simples, comme s'asseoir ou se lever, boire un verre d'eau ou de coca, écouter la radio ou regarder la télé, étaient de vrais dilemmes dont il avait le plus grand mal à se dépêtrer.

Autant la Prim'Holstein, par sa masse impressionnante, pouvait subir la passivité sans avoir l'air trop crétine, autant Edmond paraissait dans ces moments-là encore plus improbable, plus flottant, réduit à l'état de ballon de baudruche emporté par les vents, sans influence sur sa destinée.
En tout cas, bien infoutu de choisir une direction.

Crétin ou pas, il lui fallait se procurer de quoi manger.
Et autre chose que des biscottes étant donné qu'il n'arrivait plus à assimiler le glutamate.
-    Décidément, le sort s'acharne sur moi, se dit-il. Si
     même le glutamate m'est hostile …

Il prit conscience de l'indigence de cette réflexion et décida de réfléchir de manière plus constructive à la précarité de la situation.
-    Les mots-clefs, comme disait l'un de mes professeurs
     de droit. Les mots-clefs, tout repose sur les mots-clefs.

Jetez sur le papier les mots-clefs qui vous viennent spontanément à l'esprit, et après, vous n'aurez plus qu'à trouver les liens, les liants, les liens liants, pour construire un raisonnement qui vous mène à la solution. Rien de plus simple, j'y arrive.

Edmond essaya.
- Un : les mots-clefs. Deux : les liens liants. Trois : la solution prête à servir.
  Alors, pour les mots-clefs, je choisis spontanément : oncle, glutamate, tranquillité, sommeil, travail et … amis.
  Et avec les liens liants, cela donne : Eviter *l'oncle* et *le glutamate* pour préserver *ma tranquillité* et *mon sommeil* et être dispos pour trouver *un travail* et …
  Et voilà, ça prend forme, ce n'est pas si mal … à part *amis* que je n'arrive pas à lier à quoi que ce soit, constata-t-il.

Il réfléchit au problème que soulevaient *les amis*.
Rien ne vint.
Il fronça les sourcils pour activer le mécanisme de réflexion.

- Mais oui ! *Les amis* pourraient m'aider à trouver du *travail* pour que je retrouve la *tranquillité et le sommeil* … et puis, ils pourraient m'inviter au restaurant ou chez eux pour diversifier mon alimentation et adieu le *glutamate*.
  Ça doit bien pouvoir servir à ça, *les amis* ?
- Et voilà : j'ai lié tous les mots-clefs avec tous les liens liants. C'est plutôt prometteur.

Edmond était estomaqué d'avoir réussi à mettre en pratique cet exercice en apparence complexe.

-   Merde ! se dit-il. Ça sert d'avoir fait des études.

Il subsistait une faille dans la brillante construction d'Edmond : il n'avait pas d'amis.
Et c'était une énorme faille étant donné son peu d'appétence pour les contacts humains comme le montrait l'infinitésimalité de son réseau social.
Et ce n'était pas les deux amis de l'autre jour qui pourraient faire l'affaire. Lors de sa troisième visite chez eux, en dépit d'une chemise propre, ils ne lui avaient même pas laissé le temps de placer un bonjour.

En clair, il ne lui restait plus que la Prim'Holstein comme amie sincère.
Ce qui n'était pas la solution idéale pour espérer une invitation au restaurant ou à la maison.
D'autant qu'Edmond n'assimilait pas davantage le lait de vache que le glutamate.

-   Décidément, se dit-il, dépité.

Edmond voudrait se faire des amis

« Son père était ivrogne, sa mère indigne, son frère au bagne,
Elle était opprimée, abandonnée, désespérée,
Mais cette famille perverse lui parut être divine,
Quand elle en fut orpheline, par un sort adverse »
Nino Ferrer, Justine

Edmond n'avait plus de famille, à part son oncle du Gers qui, par courrier, lui avait annoncé qu'il souhaitait ne plus jamais le revoir, n'ayant plus de temps à consacrer à la fréquentation d'équipements maritimes fixes incongrus dans le Gers ou quelque chose comme ça.
Cette lettre avait laissé Edmond perplexe. Il ne comprendrait jamais les allusions de son tonton. Trop compliqué. Tant pis. Exit le tonton.

Plus de famille et pas d'amis.
- Je n'ai qu'à m'en faire, des amis et ils m'aideront puisqu'ils seront mes amis.
- Ça alors, c'est incroyable, s'extasia-t-il. Je n'ai même pas eu besoin de froncer les sourcils.

Il n'avait pas l'habitude de se faire des amis car il n'avait jamais ressenti le besoin d'en avoir. Il ne s'était jamais interrogé sur l'intérêt d'en avoir.
Il se demandait comment ça marchait, un ami.
Pourquoi les gens étaient amis ou pas amis ?
Pourquoi avaient-ils envie de se voir quand ils n'avaient pas besoin de se faire inviter au restaurant ?
Que cherchaient-ils ?
Cherchaient-ils à se faire des amis en estimant qu'ils pourraient, un jour, en avoir besoin ?

Avaient-ils des amis qui n'en étaient pas vraiment, sans qu'ils s'en rendent compte, jusqu'au jour où ils en auraient besoin ?
Combien en fallait-il pour être bien pourvu ?
Combien de fois pouvait-on s'en servir ?
Combien de fois par mois fallait-il les rencontrer ?
Fallait-il les renouveler périodiquement ?
Fallait-il en avoir de différents modèles ?

L'amitié lui parut être un système plutôt malin mais compliqué, en tout cas, difficile à maitriser pour le néophyte qu'il était.
Il faillit même abandonner le concept lorsqu'il prit conscience du principe de réciprocité : l'amitié fonctionnait dans les deux sens, il fallait donc qu'il ait quelque chose à offrir en retour à ses amis potentiels.
Et qu'avait-il à offrir ?
Pas grand-chose.
Quoique, c'était peut-être un peu vite dit.
Et encore une fois, il positiva.
-     Quelles sont mes qualités ? positiva-t-il.
Rien ne vint.
Il fronça les sourcils.
Rien ne vint.
Il fronça les sourcils encore plus intensément.
-     Voyons voir ... Quelles sont les qualités dont je dispose qui pourraient attirer des amis ?
  ✓ J'ai des besoins modestes, je pourrais même dire spartiates. Un rien me satisfait.
  ✓ Je suis calme, très calme.
  ✓ Je suis disponible, très disponible.
  ✓ Je peux lire des journaux, des livres, regarder des émissions politiques sans me faire l'ombre d'une opinion et ne jamais être en désaccord avec qui que

ce soit, et ainsi, je suis capable de conforter quiconque dans ses convictions.
✓ Je peux écouter les gens pendant des heures et leur faire croire qu'ils m'intéressent, tout en rêvassant aux eaux bien iodées et délicieusement fraîches de l'Atlantique.
✓ J'adore les reportages animaliers sur les milieux marins, et je peux parler pendant des heures de la faune et de la flore des eaux bien iodées et délicieusement fraîches de l'Atlantique.
✓ Je sais m'encanailler, de temps à autre, en imaginant la reproduction des bivalves dans les eaux bien iodées et délicieusement fraîches de l'Atlantique.
✓ Je peux rester des journées entières sans bouger, sans manger, sans parler, tout en rêvassant aux eaux bien iodées et délicieusement fraîches de l'Atlantique.
✓ Je ...

- Hé merde à la fin ! Il va falloir que je me décide à quitter les eaux de l'Atlantique pour rejoindre la terre ferme si je veux me faire des amis parmi les humains.
Reprenons tout depuis le début.
Les humains n'éprouvent qu'indifférence pour les mollusques non comestibles, par conséquent je dois inverser les propositions précédentes pour me rendre intéressant à leurs yeux.

Il faudrait :
✓ Que j'aie des besoins multiples, évolutifs et impossibles à satisfaire.
✓ Que je sois toujours en mouvement. Vers quoi importe peu, préciser risquerait de rompre le charme.

- ✓ Que je sois au courant de tout. En tout cas, que je maitrise les nouvelles technos pour m'informer et communiquer.
- ✓ Que j'aie un avis sur tout et toujours un sujet d'indignation en bandoulière. Logique, je suis informé en permanence puisque je suis connecté avec le dernier matériel. Et bientôt, j'aurai le nouveau, encore plus performant, j'ai hâte.
- ✓ Que je cause beaucoup, tout en faisant croire que je sais écouter. Après tout, l'autre, c'est mon ami et lui aussi, il veut causer.
- ✓ Que je mange de tout et beaucoup, puis plus rien, parce que je suis curieux de toute expérience, même du régime le plus con.
- ✓ Que j'aie lu le dernier Goncourt, enfin les critiques ... ça devrait suffire.
- ✓ Que ...

Edmond ne put continuer. Le simple fait d'énoncer toutes ces inepties l'avait exténué, écœuré au dernier point.

- Exténuant et écœurant, parfaitement humain, se dit-il.
- Mon pauvre Edmond ! Tu es mal parti pour te faire des amis si tu démarres ta quête avec de tels à priori, se reprocha-t-il. Mais quand même ...

Il soupira profondément. Il devait survivre parmi les humains puisque son métabolisme était à cent pour cent humain. Ni le filtrage de l'eau bien iodée de l'Atlantique ni le broutage de l'herbe fraiche auprès de sa gentille copine ne lui permettaient d'envisager l'avenir sereinement.

L'amitié lui semblait être le plus sûr moyen de mourir de faim et d'épuisement.
Alors, exit l'amitié ?
Il repensa au glutamate.

-    Oh non ! Il faut absolument que je m'accroche, se dit-il en luttant contre la nausée vomitique qu'il sentait prête à profiter de ce moment de faiblesse pour s'exprimer à gorge déployée.
-    Il faut que je m'accroche ... à eux.

Et il soupira profondément.

Edmond aperçoit le paradis

« Je cherche une petite maison, au fond des bois,
Pour y vivre en paix toute la vie.
Je l'ai cherchée longtemps, j'ai cru la voir souvent,
Mais ça ne se trouve pas facilement, oh non »
Nino Ferrer, Je cherche une petite fille

Edmond marchait tout doucement sur les trottoirs, au hasard, ne regardant rien ni personne, rasant les murs pour éviter les individus les plus pressés, les missiles bipèdes, et ceux qui trainaient des conteneurs de déjections quadrupèdes, et les pires, les missiles bipèdes sur roues, les missiles à roulettes, les plus dangereux.

Il s'arrêta pour laisser passer un banc de missiles chinois, les yeux rivés sur leurs écrans numériques, et qui ne levaient la tête que pour vérifier que les beautés qui s'y affichaient correspondaient bien aux modèles réels.

Edmond allait reprendre ses déambulations lorsqu'il aperçut l'affiche sur la vitrine d'une boulangerie.

Recherchons personnel pour l'entretien des
aquariums géants du musée océanographique.
Il est recommandé d'apprécier les milieux
aquatiques, leur faune, leur flore.
Horaires décalés. Urgent.

- J'arrive ! hurla-t-il sans pouvoir se contrôler. J'arriiiive !

Et il se transforma en missile - de première génération, certes - pour filer à l'adresse indiquée.

Edmond entre au paradis

« Je cherche une petite combine qui permettrait
Une bonne petite vie de rentier
Je l'ai longtemps cherchée, enfin je l'ai trouvée »
Nino Ferrer, Je cherche une petite fille

Il fut engagé sur le champ.
Un rêve se réalisait et il allait être rémunéré pour le vivre au quotidien.

Un gros bonhomme lui présenta les aquariums, les poissons, les plantes et ce qu'il appelait « toutes ces bizarreries aquatiques ».
Il lui présenta le poste sans fioriture : les conditions de travail étaient pénibles. Il fallait passer des soirées entières à l'intérieur des aquariums pour les nettoyer, en combinaison de plongée légère, au contact physique de bestioles en tout genre. Et le pire, c'était qu'il devrait travailler certains week-ends et presque sans relation avec les autres membres du personnel.

Ces conditions de travail étaient idylliques pour Edmond et il accepta le poste avec un large sourire, laissant accroire au gros bonhomme qu'il était un peu dérangé pour se réjouir aussi grandement d'en être réduit à accepter un boulot si peu gratifiant.
Les deux hommes se regardèrent, et, simultanément, comprirent qu'ils éprouvaient une parfaite antipathie l'un pour l'autre.

Edmond n'en avait cure. Il rentra chez lui pour lire et lire encore le dépliant touristique qui décrivait le musée océanographique. Il ne parvenait pas à croire qu'il en était devenu membre et un membre actif. Voici ce qui était écrit :

> Véritable défi technologique avec quinze mètres de profondeur et des vitres de vingt centimètres d'épaisseur, les aquariums du musée océanographique vous permettront d'admirer la diversité de la faune et de la flore de nos océans. Les poissons de surface et les poissons des profondeurs côtoient les terribles prédateurs que sont les requins *requinus*, les raies *raius*, les murènes *murenus* et les terribles bars *barus*.
>
> Avec trois mille spécimens de poissons *poissonus*, dont certains *carnivorus*, la collection vivante du Musée est riche de deux cents espèces, dont une centaine proviennent de l'océan Atlantique.

Et le bouquet final :

> Les collections du musée contiennent trois cents espèces d'invertébrés et de mollusques *mollusquus* ainsi qu'une centaine d'espèces de coraux durs et mous élevés dans la ferme de l'Aquarium, ce qui en fait la plus prestigieuse ferme d'Europe.

Il pleura.
Pour la première fois de sa vie, il lui tardait d'être au lendemain.

Edmond vit au paradis

« Le temps dure longtemps
Et la vie sûrement
Plus d'un million d'années
Et toujours en été »
Nino Ferrer, Le Sud

Les premiers jours, Edmond apprit son travail avec celui qu'il devait remplacer et qui voulait partir au plus vite *« parce qu'il n'en pouvait plus de toute cette poiscaille qu'il aurait volontiers vendue à un restaurant chinois plutôt que de continuer à entretenir ces machins tout mous et tout moches qui ne servaient à rien sauf à occuper des gugusses qui n'avaient sans doute rien d'autre à foutre de leur temps et qui venaient de très loin, de l'étranger parfois, pour les regarder au travers de ces putains de vitres qu'il fallait sans arrêt nettoyer à cause de ces saloperies d'algues qui se collaient dessus etc. etc. ... »*
Edmond ne répliquait pas, il comptait le nombre de jours qui le séparait de sa prise de fonction en solitaire.
Lorsque ce jour arriva, il eut l'impression de devenir le maître du monde.
Ce monde aquatique était le sien à partir de vingt heures, tous les soirs, après le départ des derniers visiteurs et après le nettoyage des locaux par les techniciens de surfaces.
Attention, les techniciens de surfaces de surface.
Lui étant le technicien de surfaces en eaux et en titre.
Il était en charge du nettoyage des parois intérieures de dix aquariums géants. Il était pourvu d'un équipement de plongée légère et se trouvait en contact direct avec les poissons et les mammifères marins, exactement comme le gros bonhomme lui avait expliqué.

Il avait un programme de nettoyage établi par les vétérinaires du musée et il le respectait scrupuleusement pour ne pas s'attirer d'ennuis. Les autres membres du personnel le laissaient tranquille, très contents d'avoir trouvé un gars un peu bizarre mais qui ne réclamait jamais d'aide et qui faisait bien son boulot

Tout cela dura six mois, sans l'ombre d'une vaguelette.

Il n'y avait aucun humain à proximité, il travaillait à son rythme, sans être en compétition avec plus énervé que lui.

Plongé dans un aquarium, une sensation de liberté le saisissait instantanément. Ses mouvements calmes et mesurés ne perturbaient en rien la tranquillité des habitants, il s'intégrait naturellement à leur milieu, à leur rythme, sans le moindre effort.

Les requins *requinus* de deux mètres de long passaient et repassaient près de lui sans agressivité ni crainte mais plutôt avec une curiosité bon enfant.

Les murènes *murenus*, sentant la nuit arriver, sortaient de leur torpeur et venaient parfois s'enrouler autour de ses jambes avec une infinie délicatesse.

Les raies *raius,* larges et majestueuses, dressaient un auvent aux mouvements ondulants comme si elles s'agitaient sous l'effet d'un léger vent de printemps.

Les bars *barus*, eux, s'en foutaient.

Et puis il y avait toute une ribambelle de poissons *poissonus* de tailles et de couleurs différentes qui étaient parfois déstabilisants par leurs déplacements nerveux et imprévisibles. Edmond ne leur en voulait pas, il les considérait comme de gentils petits garnements qui jouissaient du privilège de vivre en eaux sans les contraintes de la pesanteur terrestre.

- Et surtout, sans la pesanteur des relations humaines, pensait-il, admiratif et envieux.

Il n'y avait pas de cohabitation entre prédateurs et proies ce qui permettait à chaque bestiole de vivre en paix et en harmonie avec ses colocataires. Ce monde de silence, de légèreté, de sérénité, de déplacement en trois dimensions, était un véritable paradis pour Edmond.

Le soir, une fois le travail de nettoyage terminé, il traînait dans les aquariums. Il aimait rester flotter en surface sur le ventre ou mieux, s'allonger au fond sur le dos. Il pouvait voir au-dessus de lui ce monde si vivant vaquer à ses occupations. Il se transformait en rocher et hébergeait parfois un poisson *poissonus* au creux de son cou. Une raie *raius*, toute aile déployée, pouvait rester plusieurs minutes en suspension au-dessus de lui, semblant l'observer pour une raison ... que seule une autre raie *raius* pourrait expliquer.

Au milieu de ces créatures aux formes et aux couleurs variées, aux activités sans but apparent, Edmond ne paraissait pas étranger.

Il se sentait enfin chez lui, une sensation bien apaisante.

Plus le temps passait et plus ses séjours dans l'eau se prolongeaient. Il ne décidait de partir que lorsqu'il avait froid ou faim ou envie de pisser.

Décidément, pisser était une vraie calamité infligée aux membres de l'espèce humaine pour leur pourrir l'existence dès lors qu'ils étaient aux portes de la volupté et nourrissaient l'espoir que cela dure encore un peu.

- Les poissons ont réglé ce problème de manière si simple, se dit Edmond. Rien que pour ça, ils sont infiniment supérieurs aux humains.

Edmond aimait par-dessus tout les aquariums réservés aux mollusques et autres invertébrés.

Le calme y était total, les déplacements quasiment inexistants en dehors de ceux de petits crabes qui créaient un peu d'agitation mais rien de bien dommageable pour la quiétude de l'endroit.

\-   Il y a partout des imbéciles qui marchent de traviole, se disait-il avec bienveillance.

Que les bivalves étaient beaux lorsqu'ils s'ouvraient complètement, en pleine confiance.

Ils s'ouvraient comme des boîtes à bijoux mais la beauté venait autant du contenant que du contenu. Les nacres des coquilles étaient d'une beauté fracassante lorsqu'Edmond dirigeait le rayon de sa lampe dans leur direction. Cela ne les perturbait pas, ils restaient ouverts au maximum, détendus, comme des vacanciers assoupis dans leurs transats.

Les escargots de mer avaient une manière de se déplacer au-delà de toute description.

Des mouvements d'une lenteur envoûtante, d'une infinie lenteur, au point que celui qui s'attardait à les observer risquait de tomber en léthargie tant il semblait impossible d'être aussi lent.

Leurs antennes montaient et descendaient, suavement. Elles allaient légèrement à gauche, puis légèrement à droite, chercher une information dont la subtilité nous échappait. Au bout d'un certain temps - mais cette notion n'avait plus de sens - le corps s'étirait gentiment et avançait de trois ou quatre millimètres, puis s'arrêtait. Et redémarrait l'hypnotisante danse des antennes pour collecter l'information nécessaire pour les quatre prochains millimètres.

Et finalement, on s'apercevait qu'ils bossaient à plein temps, mais dans un autre espace-temps.

Leur rythme était si naturel qu'au bout de deux minutes, un observateur sensible finissait par se demander s'il existait une seule bonne raison de faire les choses plus vite qu'eux.

Même Edmond s'était demandé si un seul d'entre eux arrivait, un jour, là où il voulait aller.

-   Quelle question stupide, se dit-il avec reproche, je ne suis pas digne d'eux.

    Il n'y a que les membres de mon espèce qui veulent tout contrôler, tout planifier, qui décident d'aller au plus vite du point A vers le point B pour faire quelque chose de précis, à un moment précis, avec le billet de retour en poche.

    Pas l'escargot.

    Lui, il va et voit au fur et à mesure.

    À son rythme, rien n'est évitable, rien n'est planifiable, tout est aventure.

    L'escargot est l'un des plus grands aventuriers de la planète et personne ne le remarque.

Et voilà comment Edmond passait des heures de pure félicité chez ses cousins mollusques, à observer et à admirer leur mode de vie.

Il aurait voulu s'immerger à jamais dans ce milieu pour s'y dissoudre, comme dans le film « Le Grand Bleu », quand le gars choisit de rejoindre définitivement les profondeurs marines.

-   Vous avez aimé « Le Grand Bleu » ? Vous adorerez « Le Grand Mou » plaisanta-t-il intérieurement, ce qui lui évita de trembloter comme un sac de gélatine.

Revenir sur terre pour manger, dormir, assurer toutes les basses contingences de la condition humaine, lui était devenu insupportable. C'était la preuve, cruelle et physiologique, qu'il était membre d'une espèce à laquelle il appartenait par erreur. Une stupide erreur d'aiguillage qu'il cherchait vainement à corriger.

Seule la vision d'un lendemain avec sa nouvelle famille lui donnait la force de continuer.

Edmond doute du paradis

*« Et l'univers prend forme
Autour du point central
Du soleil, du moi-je »*
Nino Ferrer, Le retour de Monsieur Machin

Un épisode disruptif, comme celui qui avait troublé la paisible Prim'Holstein dans son champ, se produisit et l'harmonieuse quiétude qui régnait dans les aquariums en fut gravement perturbée.

Edmond était consterné. Les principaux perturbateurs n'étaient pas les humains mais essentiellement les habitants des aquariums.

- Qu'est-ce qu'Il a encore foutu là-haut ? Il n'a rien de mieux à faire que d'emmerder les milieux aquatiques ? Pourquoi créer des univers aussi parfaits si c'est pour tout foutre en l'air à cause de détails qu'Il aurait pu régler autrement ?
- Pourquoi ?

Il existait des tensions au sein du musée océanographique.
Il y avait même des agissements inavouables.
Une situation qui pourrait amener Edmond à devoir choisir son camp, un jour ou l'autre.

- Même au milieu de ces charmantes bestioles, il va falloir faire des choix.
Je n'aime pas faire de choix.
Je ne sais pas faire de choix.
Je ne veux pas faire de choix.
Je veux qu'on me laisse tranquille, c'est tout.

Et pourtant, il allait devoir faire un choix.
Pire, il se pourrait qu'il soit amené à agir.

Cette responsabilité outrepassait ses fonctions de technicien de surfaces en eaux mais, s'il restait passif, l'argument de ne pas avoir été informé ne serait pas recevable le jour où il faudrait rendre des comptes.

Il était effondré. À peine ce milieu l'avait-il adopté qu'il ne pouvait s'empêcher de le juger et de vouloir le transformer pour le rendre plus conforme à ses valeurs personnelles.

- Ne serais-je pas en train de commettre une erreur monumentale ? s'inquiéta-t-il.

 Ne serais-je pas sur le point de révéler mon appartenance à l'espèce humaine de la pire des manières en voulant régenter ce milieu, imposer à ses habitants ma conception de ce que devrait être leur mode de vie ?

- D'un autre côté, je ne peux pas rester sans rien faire, quand même. Ce n'est pas ma famille d'origine mais ce sont des êtres que j'aime.

Un dilemme comme il les détestait.

Il se torturait l'esprit depuis sa terrible découverte, impossible de penser à autre chose. Il retournait le problème en tout sens. Ces neurones avaient fini par constituer un gigantesque accélérateur de particules dans lequel ses idées tournaient, tournaient, tournaient à vide.

- Ma caboche d'humain n'arrête pas de me tourmenter. Pourquoi n'ai-je pas la pertinence d'un bivalve qui a su concentrer son intelligence sur le filtrage de l'eau de mer ?

 Quelle putain de sagesse, la perfection de l'évolution.

 Tout ce qui va au-delà n'est que perversion et prétention.

 Évidemment, j'ai hérité de tout ce bazar.

 Résultat ? Là où un bivalve s'épanouit, se reproduit, accepte les aléas de la vie sans faire de bruit ... eh bien moi, je me pourris l'existence, avec la capacité de pourrir celles des autres, grâce à mon intelligence supérieure et à ma volonté de rectifier ce que la nature n'aurait pas réussi suffisamment bien.

Ah, putain de gros con !

- Moi qui m'étais promis de ne jamais plus philosopher, me voilà bien mal embarqué.

Il était perturbé et il commit la première bêtise depuis son embauche. Il laissa échapper malencontreusement sa raclette qui alla se ficher dans la gueule d'une murène *murenus* assoupie qui, surprise par cette agression, eut un mouvement réflexe de recul et se réfugia derrière un rocher. Seule sa tête restait visible, ses petits yeux noirs fixaient durement Edmond.

Il en fut tellement marri que, ce jour-là, il sortit de l'aquarium dès son travail terminé.

Il rentra chez lui … dans son appartement.

C'était la première fois qu'il rentrait si tôt depuis sa prise de fonction au musée océanographique.

Il avait l'impression de débarquer de la lune tant il était déstabilisé par le fait de se retrouver à cet endroit, à cet instant.

- Quel gâchis, se dit-il, quel gâchis. Mais il faut que je réfléchisse et je n'aime pas ça du tout.

Edmond découvre l'horreur du paradis

« Tu n'es qu'un beau robot
Une mécanique débile
Qui peut s'imaginer,
Qui se fait une conscience »
Nino Ferrer, Le retour de Monsieur Machin

Edmond était le technicien de surfaces en eaux du musée océanographique.

Son rôle se limitait à racler les parois vitrées, retirer les déchets tombés sur le fond, débarrasser les plantes des algues parasites.

L'alimentation des habitants des aquariums était assurée par d'autres membres du personnel sous l'autorité d'un vétérinaire.

Edmond n'assistait jamais à cette phase qui avait lieu avant l'ouverture des portes au public alors qu'il avait déjà quitté le musée.

Un soir, arrivant à son travail plus tôt que d'habitude, il croisa un membre de l'équipe de jour qui poussait un énorme container vers le local à poubelles.

Le type parti, Edmond, qui avait un peu de temps avant de commencer à travailler, alla voir ce qu'il y avait dans le container.

Il souleva le couvercle, se pencha pour mieux voir et se figea deux à trois secondes avant de vomir avec une violence dont il ne se serait jamais cru capable.

Il resta appuyer contre le container une bonne minute, en état de sidération, puis se laissa glisser au sol, dévasté, au comble de l'horreur.

Le container contenait des cadavres. Des centaines de cadavres.

Le container contenait des centaines de cadavres.

Des centaines de coquilles de bivalves vides, cassées, broyées, éclatées, avec des morceaux de chairs tendres qui pendouillaient, encore accrochés à l'intérieur des coquilles, le reste ayant été arraché ou tranché à vif par des lames de couteaux.

Il n'osait imaginer la scène de carnage.

Il avait bien des fois vu des scènes insoutenables.

Tous les ans, lors de la braderie de Lille, les télévisions montraient ces énormes tas de coquilles de moules désarticulées, vidées après avoir été ébouillantées vivantes, avec tous ces bâfreurs obscènes, prenant la pose devant ces monticules de la honte, exhibant leurs gros ventres rebondis par l'absorption de bière et de mollusques.

Insoutenable.

Que pouvait-il faire sinon fermer la télé et admettre son impuissance face à ce drame ?

Mais aujourd'hui, dans ce musée océanographique qui était son paradis, et le croyait-il, celui des autres bestioles qui y vivaient, il était le témoin d'un véritable génocide bivalvulaire.

Il ne pouvait pas rester sans rien faire et vaquer à ses occupations quotidiennes.

Non, cette fois, il ne pouvait plus.

Il était témoin, il était coincé.

Il s'informa auprès du gros bonhomme qui l'avait engagé et qui fut fort surpris de le voir débarquer dans son bureau.

Ils n'avaient jamais eu l'occasion de se revoir et cela convenait aux deux parties.

Edmond lui demanda brutalement d'où provenaient les coquilles que l'on jetait dans le container.

Le gros bonhomme fut soulagé que cet olibrius ne lui fasse pas un numéro pour demander une augmentation comme l'avaient fait tous ses prédécesseurs.
Soulagé mais surpris par cette question sans intérêt, bien à l'image de son auteur.
Mais Edmond travaillait bien, ne se plaignait jamais, alors s'il se contentait de poser une question de nase tous les six mois, il n'y aurait pas lieu de s'en plaindre.

Le gros bonhomme lui expliqua que les vedettes du musée, les murènes *murenus*, les raies *raius,* les requins *requinus, les bars barus* et moult autres gros poissons *poissonus* plus ou moins *carnivorus* avaient besoin de nourriture consistante. Le musée avait ses propres bassins où étaient élevés des dizaines de milliers de bivalves pour la consommation des poissons carnivores.
Le visage d'Edmond devint pâle, ses yeux devinrent hagards. Le gros bonhomme s'empressa de lui proposer une chaise, craignant qu'il ne fasse un malaise et ne salope sa moquette.
Edmond se ressaisit comme il put et prit congé.

Ce soir-là, Edmond entra avec répulsion dans les aquariums.
Il lui était pénible de côtoyer les murènes *murenus* et les raies *raius* qui l'avaient tant séduit mais qui n'étaient plus à ses yeux que les principales bénéficiaires du massacre quotidien de centaines de mollusques que sont palourdes, pétoncles et autres membres des familles des glauconomidae, margaritiferidae et surtout des tridacnaoidae, la famille du Tridacna Gigas, sa préférée.

Le choc fut si violent qu'il fit jaillir chez Edmond une conscience et une capacité d'indignation. Ses toutes premières.

Il les inaugura aussitôt avec les excès propres aux nouveaux convertis :

-   Mais qui se soucie du devenir de ces minorités sans défense, sans porte-parole ? Qui ?
    Elles peuvent être bafouées, humiliées, martyrisées, exterminées. Ce n'est pas grave si elles ont le bon goût de se laisser faire sans protester, sans troubler la quiétude des majorités installées dans leur petit confort
    ...

Edmond s'interrompit au beau milieu de cette inauguration en fanfare.

Il fit un véritable freinage d'urgence, instinctif.

Il fronça les sourcils. Très fort.

Il savait depuis toujours que ces poissons se nourrissaient de chair. Ils sont *carnivorus* et ne s'en cachent pas.

Il devait bien se douter qu'il se passait quelque chose pour les nourrir, chaque jour.

C'était une évidence. Pour tout le monde.

Alors ?

Alors, tant qu'il n'était pas confronté directement aux faits, il faisait comme s'il ne se doutait de rien ?

Et quand les faits lui éclataient à la figure, il se permettait de jouer les indignés au grand cœur, les redresseurs de torts, les donneurs de leçons ?

Encore une fois, il avait été repéré, rattrapé et écrasé par la réalité.

C'est à ce moment-là qu'il laissa échapper sa raclette qui alla se ficher dans la gueule d'une murène *murenus* assoupie.

Edmond découvre l'introspection

« Tes flips et tes phantasmes
Tu peux les disséquer
Ce n'est que des ennuis
Dans le système de plomberie »
Nino Ferrer, Le retour de Monsieur Machin

Edmond était un homme seul, depuis toujours, et il se trouvait face à un cas de conscience qui le dépassait.
Qui pourrait l'aider ?
Mais l'aider à quoi, au juste ?
L'aider dans sa lutte pour la défense des victimes ?
Les victimes que seraient les mollusques ?
Les mollusques du musée océanographique ?
L'aider à faire cesser les agissements des auteurs de ces crimes ?
Mais quels crimes ? Quelles victimes ? Quels coupables ?
Et pourquoi défendrait-il les mollusques en particulier ?
Parce qu'il s'identifiait à eux ?
S'il avait eu le gabarit et la vitalité d'un troisième ligne du XV de France, se serait-il intéressé à la défense des hippopotames et se foutrait-il complètement des mollusques?
Finalement, le choix de ses indignations ne serait que le fruit d'un simple déterminisme. « Tu me ressembles, tu m'intéresses. »
Fallait-il qu'il inverse la proposition et qu'il milite pour la préservation des hippopotames pour prouver sa capacité à s'affirmer face au déterminisme ?
Ce serait tout aussi déterministe. Ce n'est pas en inversant les sons d'une suite de pets que Berlioz a composé la symphonie fantastique.

Alors pourquoi s'engagerait-il dans quelque chose qui ne le concernait pas directement et qui n'intéressait probablement personne ?
Une quête de sens pour ne pas s'auto-dissoudre dans sa vacuité intérieure ?
Une soif d'absolu ?
-     Absolu, mon cul ! s'écria brusquement Edmond.

Il fut indigné par sa réaction. Il faillit présenter des excuses publiques avant de se rendre compte qu'il était tout seul.
Comme d'habitude.

Les murènes murenus, les raies raius, les bars barus, les gros poissons poissonus carnivorus dans les océans se nourrissaient de la même manière.
Alors pourquoi s'indignait-il contre les agissements de ceux qui vivaient dans les aquariums ?
Parce qu'il les voyait.
Il avait bien dû reconnaître qu'il savait ce qui devait se passer, donc ce ne sont pas les faits qui le dérangeaient mais seulement d'y être confronté.
C'était donc de lui que venait le problème.
Un problème qui se manifestait lorsqu'il était face à la réalité.
Trop émotif ou trop instable pour encaisser la réalité.

Ne devrait-il pas régler ses propres problèmes avant de vouloir régler ceux des autres ?

Ne devrait-il pas être capable de s'intégrer au sein de sa propre espèce, aussi peu satisfaisante fût-elle, avant de vouloir interférer dans l'organisation des autres espèces dont il ne partageait ni les codes ni le métabolisme ?

Sinon, n'allait-il pas chercher à combler un vide intérieur en allant piocher indûment dans la gamelle de ses protégés ou plutôt de ceux qu'il voulait protéger mais qui ne lui avaient demandé aucune protection, soit parce qu'ils n'avaient besoin d'aucune protection, soit parce que, s'ils avaient eu besoin d'une protection, ne se seraient pas tournés vers lui ?

Les vases communicants font de très jolies expériences de physique mais, à l'arrivée, il reste toujours autant de vide. Ce qui satisfait pleinement le scientifique obsédé par les fluides et les vases échangistes mais ne règle en rien les problèmes de type édmondialiste et encore moins ceux des bénéficiaires non-demandeurs de l'édmondialisme.

Edmond cherche des solutions

« Devant ce que maintenant tu sais
Tu peux choisir de ne plus penser
Qu'à ce qu'on a déjà pensé pour toi
En regardant ton cinéma »
Nino Ferrer, L'an 2000

Edmond était groggy, complètement groggy, à la limite de la perte de contrôle.

Il savait qu'il n'était pas bien équipé pour réfléchir, mais cette fois, c'était pire que tout, il ne savait même pas s'il y avait matière à réflexion.

Et s'il y avait matière à, s'il n'allait pas être submergé par la matière.

-   Un dernier effort, mon petit Edmond, se motiva-t-il. Au point où tu en es, tu ne risques pas grand-chose. Reprenons le cas de ... mon combat, se dit-il, au bord de l'évanouissement.

Évanouissement qu'il aurait accueilli avec soulagement s'il était survenu sur le champ.

Mais non, rien.

Pas même une petite envie de vomir ?

Non.

Tant pis, il devait continuer.

-   Supposons que mon combat contre le génocide bivalvulaire soit une juste cause. Que devrais-je faire ?

Rien ne vint.

Cette fois, il fronça si fort les sourcils qu'il se mit à ressembler à une baudroie[3].

---

[3] Baudroies ou lottes sont aussi appelées diables ou crapauds de mer, de la famille des lophiidés. Sont vraiment très moches

- Que devrais-je faire ?

Il retrouva ses réflexes d'étudiant. Il se rappela les conseils de son professeur, celui qui l'avait initié à la géniale méthode des mots-clefs.
Cet homme leur avait expliqué :
- Si la méthode des mots-clefs n'est pas assez puissante pour traiter le sujet qui vous préoccupe, passez à la vitesse supérieure : pratiquez la pertinence instinctive. Couchez sur le papier tout ce qui vous passe spontanément par la tête, en vrac, sans filtre. Allez-y. N'ayez pas peur d'écrire des conneries, vous seriez bien les seuls.
  Mais il ne faut pas vous arrêtez-là. Surtout pas.
  Vous devez passer à la seconde étape, la plus importante, celle qui consiste à chercher les arguments qui pourraient contredire tout ce que vous avez déversé. Si vous ne trouvez rien, gardez vos idées, sinon dégagez-les. C'est une méthode qui vous permet de ne garder que vos idées instinctives pertinentes. Et si elles sont instinctives et pertinentes alors elles seront les mieux adaptées pour trouver une solution à vos problèmes.

Edmond remercia intérieurement son professeur et se mit au travail. Il ouvrit les vannes et commença à livrer, en vrac, sans filtre, un condensé des comportements de ses contemporains, tels qu'il les avait enregistrés, en les observant dans son coin.
Puis il entreprit de les contrer, un par un.

- Supposons donc que mon combat contre le génocide bivalvulaire soit une juste cause. Que devrais-je faire ?

Exterminer toutes les raies *raius*, les murènes *murenus*, les bars *barus* et les poissons *poissonus carnivorus* ?

Ils ont des siècles d'antériorité sur toi, pauvre crétin ! Et bien que privées de tes recommandations éclairées, ces bestioles n'ont jamais rien consommé ni désiré au-delà de leurs besoins vitaux, jamais rompu l'équilibre du milieu dont elles dépendent ni d'aucun autre d'ailleurs et n'ont nulle intention de le faire.

De quel droit irais-tu t'ingérer dans leurs destinées pour régler un problème que tu as peut-être imaginé de toutes pièces ?

Et que se passerait-il si tes protégés se mettaient à proliférer sans limite ?

Tu aurais un vrai problème sur les bras, cette fois !

Tu serais amené à réintroduire les prédateurs pour *sauver* tes amis !

Bonne chance à toi pour leur expliquer la cohérence de ta démarche le jour venu.

Exit la solution.

Faire le sacrifice de ton corps pour tuer quelques murènes *murenus et raies raius* ?

Ce serait de l'héroïsme de bastringue. Faire don de ton vide intérieur pour que des quidams plus chafouins que toi en tirent le profit qu'ils veulent.

Explosif souvent, con toujours.

Exit la solution.

Protéger les mollusques *mollusquus*, totalement, unilatéralement ?

Que vont dire les mamans des petites bestioles que mangent certains mollusques ?

Comment ! Tu ignorais qu'il existait des mollusques *mollusquus carnivorus* ?

Ta bonne idée te pète à la gueule, tes protégés sont les vilains pour d'autres.

Ce n'est pas facile à encaisser. Et la situation devient plus compliquée que tu ne le croyais.

Tu n'as pas assez bossé tes dossiers, tu vas trop vite.

Exit la solution.

Organiser un mollusque-thon ?

Et rien pour les ramollos qui n'ont pas ce petit quelque chose qui fait vibrer ta corde émotionnelle?

Après tout, on ne peut pas sauver tout le monde, chacun doit choisir ses nécessiteux et pour les autres … advienne que pourra.

Oh zut ! Tu trouves trop difficile de choisir qui laisser sur le bord de la route ?

Alors exit la solution.

Donner à bouffer de la farine aux poissonus *carnivorus* pour épargner les mollusques *mollusquus* ?

Ta farine serait probablement fabriquée à partir de poissons *poissonus* moins nobles, et peut-être, de mollusques *mollusquus* !

Encore une belle idée contre-productive qui te pète à la figure.

Quoique ! Ça peut quand même te permettre de faire illusion si tu as le bon timing. Tu ramasses les lauriers rapidos et tu passes à autre chose avant que les effets pervers ne se révèlent au grand jour. Et hop, le tour est joué ! Tu laisses à d'autres le soin de réparer les dégâts et de se dépêtrer avec les victimes.

Oh zut ! Tu éprouves des scrupules à l'idée de ce qui risque d'arriver à ces pauvres poissons *poissonus* ? N'en parlons plus.

Exit la solution.

Adopter des bébés *mollusquus* et les transplanter dans ta salle de bain pour les sauver et aussi pour satisfaire ton désir viscéral d'en avoir, par n'importe quels moyens ?

Ce serait les couper de leurs racines sans leur demander leur avis.

Évidemment, tu pourras arguer de la noblesse de tes intentions et affirmer que « Je sais ce qui est bon pour eux, laissez-moi faire sinon je … je … je vais me sentir mal. »

Mais là, on se demande qui aide qui.

Ou alors tu essaies d'en fabriquer toi-même, en recourant à des techniques sophistiquées, pour surmonter les obstacles qui se dressent sur ta route et ça peut finir par marcher.

Ou mieux encore, tu les fais fabriquer par d'autres et, avec quelques petits montages financiers et juridiques, ça peut marcher aussi. Ils seront quand même à toi, bravo.

Oh zut ! Tu ne parviens pas à transformer un désir difficile à satisfaire en droit inaliénable à obtenir ce que tu veux, coûte que coûte ? Quel dommage …

Exit la solution.

Faire un beau discours moralisateur pour stigmatiser murènes *murenus* et raies *raius* ?

Ça ne coûte pas cher et te donne le beau rôle surtout si tu présentes bien.

Mais c'est un terrain glissant si tu n'es pas aussi pur que l'agneau qui vient de naître. Si un seul de tes amis, ou toi-même, avez mangé, ne serait-ce qu'une fois, de la murène *murenus,* tu perds toute crédibilité et tu coules la cause avec toi.

Oh zut ! Tu n'es pas sûr d'être irréprochable ?
Dans ce cas, mieux vaut t'abstenir, d'autant que « tout finit par se savoir de nos jours, ma brave dame. Absolument tout. »
Alors exit la solution.

Prendre ton temps pour réfléchir et trouver une solution pérenne à ton problème ?
C'est la meilleure solution mais ce serait trop long et trop risqué. Tes protégés n'ont pas le temps d'attendre et toi encore moins. Tu risquerais de te faire piquer l'exclusivité du créneau par des plus opportunistes. Et cette injustice serait de loin la plus insupportable de toutes. Alors hop ! hop ! hop ! on fonce.
Quoi encore ! Réfléchir n'est pas ton fort. Et foncer non plus !
Dans ce cas … exit la solution.

Convaincre par la raison les murènes *murenus* et les raies *raius* de changer de régime ?
C'est une belle idée mais pas sûr qu'elle marche. Ce n'est pas facile de faire partager tes valeurs universelles quand elles ne sont reconnues comme telles que par tes amis mais pas par les murènes *murenus* ni par les raies *raius* qui ont leurs propres valeurs depuis des lustres et qui n'ont pas du tout l'intention d'en changer. Ça pourrait tourner court voire vinaigre.
Oh zut ! Tu ne te sens pas de taille à les convaincre toi-même ?
Dans ce cas, essaie plutôt la proposition suivante.

Faire appel à une tierce partie pour trouver un accord entre poissonus *carnivorus* et mollusques *mollusquus* ?

Pas mal du tout. Sauf que, pour que la partie soit tierce, encore faudrait-il en avoir déjà deux engagées dans ton délire. Or murènes *murenus* et raies *raius* sont en train de casser la croûte peinardement sans se préoccuper de tes états d'âme qui leur paraissent surréalistes et un tantinet irritants.

Et si tu t'avisais d'insister, il se pourrait qu'elles les requalifient d'irritants à provocateurs. Et après, tout peut s'emballer et qu'as-tu prévu pour contrôler l'emballement ?

OK, exit la solution.

Passer en force et basta ?

Parce que tu sais que murènes *murenus* et raies *raius* sont les méchantes, que tes amis et toi êtes du côté des justes et qu'en plus vous êtes les plus costauds ?

C'est tentant mais casse-gueule. Non seulement tu vas intervenir là où tu n'es pas invité mais tu connais mal l'environnement, alors que les bestioles autochtones le connaissent parfaitement et sont déterminées à y rester. C'est normal, où veux-tu qu'elles aillent nager ?

- Ça suffit, je n'en peux plus, je n'en peux plus …

Edmond relut ce qu'il avait écrit.

- Jamais je n'aurais cru être capable d'écrire autant de conneries. Et pourtant, je n'ai aucune imagination. Au mieux, suis-je une éponge[4].

---

[4] Les éponges ne sont pas des mollusques. Mais reconnaissez que c'est bien mou.

Il n'aurait jamais dû passer à la seconde phase de la méthode.

Il ne restait rien de son élan instinctif, rien : il avait tout détruit, il avait trouvé des arguments qui avaient tout contredit. Il avait pulvérisé le réconfort d'une solution simple et immédiate.

Il se retrouvait comme avant, seul et sans solution.

Pas même une mauvaise.

Une grande fatigue en plus.

Edmond prépare sa métamorphose

« Plus d'argent, c'est pas gave
Mais plus d'amis, c'est moche »
Nino Ferrer, Le millionnaire

Edmond était exténué. Son cerveau tournait en boucle. Très vite. Hors contrôle.

Il aurait aimé demander à quelqu'un s'il était complètement hors sujet ou si ses interrogations avaient un réel intérêt.

Il regretta de ne pas avoir d'amis pour en discuter.

- Tiens donc, ça pourrait servir à ça, un ami. Juste pour causer.

Mais ses deux ex *amis* n'étaient certainement pas disposés à l'écouter parler d'un massacre de mollusques dans un musée océanographique ni des nœuds que cela provoquait dans son cerveau. Au mieux, le défenestreraient-ils d'exaspération.

Il était seul et pour la première fois, cela lui pesa.

Il tenta d'activer le mécanisme de protection qui d'habitude se déclenchait automatiquement et qui lui permettait d'échapper à l'angoisse paralysante de certaines situations.

Mais l'évocation de palourdes dans les eaux bien iodées et bien fraîches de l'Atlantique ne lui procura aucun réconfort.

Pas davantage l'effort de concentration qu'il fît sur le *Tridacna Gigas* baignant dans les eaux tièdes et turquoises de la mer rouge.

Un échec total.

- Merde, qu'est-ce qu'il se passe ? C'est la première fois que le coup du *Tridacna Gigas* ne marche pas, s'inquiéta-t-il.

Cette fois, il était tout seul, déboussolé et sans roue de secours.

Il ne comprenait plus rien sauf qu'il ne pouvait plus éviter de faire face à certaines situations parce que quelque chose l'en empêchait. Quelque chose qui venait de lui mais qui ne lui obéissait plus et qui savait déjouer ses vieux trucs de zigzagueur et de roi de l'évitement.

-      La réflexion, ça doit être comme l'alcool, il ne faut pas en abuser. Surtout, il ne faut jamais commencer sinon … Mon Dieu, dans quel engrenage ai-je mis le doigt ?

Il se passait quelque chose en lui, mais quoi ?

Il n'avait envie ni de vomir ni de penser aux mollusques ni à la Prim'Holstein qui, soudain, lui sembla être un lointain souvenir, un souvenir incongru. Elle était charmante mais plus à sa place. Et même chose pour le *Tridacna Gigas*.

Il était en train de les expulser, de les satelliser.

Il n'avait même pas le sentiment de paniquer.

Il sentait qu'il se passait quelque chose en lui qu'il ne contrôlait pas et qui le changerait radicalement.

C'était un peu comme lorsque l'on se réveille d'une anesthésie générale.

Tout vous échappe. Vous savez que c'est vous qui êtes là et pourtant, ce n'est pas vous ou pas encore tout à fait vous, mais vous sentez que ça va revenir.

Edmond se métamorphose

« Ou bien tu peux te sentir mal
Et découvrir autre chose en toi
Caché sous un tas de conneries
Qu'on a mis là pour faire joli »
Nino Ferrer, L'an 2000

La violente tempête intracrânienne s'était calmée.
Elle avait tout arraché.
Les vieux trucs qui n'avaient jamais servi et qui se calcifiaient.
Les trucs utiles rangés n'importe comment et devenus introuvables.
Les trucs crétins toujours en première ligne.
Les trucs du tout-venant qui venaient trop souvent aux dépends des trucs pertinents.

Tout cela avait été brutalement soulevé, aspiré, brassé, mélangé et planait à différentes altitudes dans la stratosphère cérébrale d'Edmond.
Et la redescente s'amorçait.

La phase de redescente se déroulait harmonieusement.
Harmonieusement et méthodiquement.
Tant mieux.
La décantation harmonieuse et méthodique dura un certain temps.

Edmond n'avait même pas le sentiment de paniquer.
Il sentait qu'il se passait quelque chose en lui.
Puis, Edmond ressentit comme une colonne vertébrale.
Une vraie. Dans son cortex cérébral.
Cela avait valu la peine.

Edmond se ragaillardit

« Plonger dans cet autre univers
Que je sens là, tout près de moi
Dans ce miroir à double fond
Qui nous attire et qui nous fuit
Plonger dans cet autre infini »
Nino Ferrer, L'an 2000

Edmond ne retourna pas au muséum océanographique.

Il avait faim et avait envie de viande rouge, de patates sautées, de vin et de tarte tatin.
Il mangea tout et se sentit bien.
-    On dirait que je me sens bien, se dit-il, incrédule.

Il fronça énergiquement les sourcils et conclut :
-    On dirait vraiment que je me sens bien.

Il regarda autour de lui, dans ce restaurant, les autres humains qui mangeaient, buvaient, causaient, riaient, se mettaient discrètement un doigt dans une narine, mine de rien …
Il sourit presque.

Et ainsi renaquit Edmond.

L'affaire du parapluie magique

Edmond devient détective privé

Edmond avait abandonné toute idée de faire carrière dans l'huissariat et renoncé aux entretiens d'embauche ce qui avait réduit à néant ses chances de trouver un emploi dans une entreprise. Il décida de devenir indépendant. Il choisit la profession de détective privé. Sans raison aucune, c'était la première idée qui lui avait traversé l'esprit et il la retint, convaincu que cela lui épargnerait de s'épuiser en longues heures de tergiversation sur le choix de la profession la plus adaptée à son profil. Son profil était tellement flou qu'il n'offrait aucune prise pour un choix pertinent.

Alors va pour le métier de détective privé.

A ce moment précis, il devait reconnaître qu'il était surtout privé d'affaires, de clients et d'expérience.

- Ma marge de progression est considérable, se dit-il intérieurement.

Il avait décidé de positiver une fois par jour.

Sans licence officielle, il comptait officier au black.

Il espérait trouver une affaire par lui-même et proposer ses services quand l'occasion se présenterait. Et alors, il pourrait laisser libre cours à ses talents de détective, prospérer et devenir un privé officiel, un jour, peut-être ...

Sa première affaire était imminente, il en était convaincu, son instinct de *privé* ne pouvait pas le tromper.

Effectivement elle arriva, inopinément.

Une voisine d'Edmond, une alerte dame de quatre-vingt-neuf ans, Madame XX, s'était fait voler son parapluie. Un superbe parapluie d'une grande valeur sentimentale qui lui servait de canne. Edmond l'entendit raconter cette mésaventure à une autre commère du quartier, en tout point semblable : même fichu, mêmes bas de contention, mêmes cheveux gris, mêmes rides, même verbiage incontinent, même ratatinage et recroquevillage, au point qu'un couple de vraies jumelles aurait pu passer, à côté d'elles, pour l'assemblage d'une danseuse étoile avec un bœuf charolais.

Edmond proposa ses services. À l'instinct.
La vieille dame, qui exécrait ses contemporains, le regarda avec des petits yeux froids et suspicieux, comme en ont parfois les vieux qui n'ont plus confiance en personne et qui ne comprennent pas pourquoi des gens désintéressés pourraient s'intéresser à eux.
Le regard mauvais de la vieille dame transperça Edmond qui regretta instantanément l'audace qui l'avait amené à prendre cette initiative.
Ce regard le terrifia bien davantage que celui d'un DRH lors d'un entretien d'embauche.
Cette mémé sans statut, sans rôle dans la société, sans revendication aucune, quasiment hors tout, le terrifiait justement parce qu'elle ne représentait rien, n'était presque rien. C'était la certitude que la puissance qu'elle dégageait venait d'une vraie force intérieure, forgée par des années de sédimentation acide et non pas des oripeaux de bonne coupe d'un DRH qui, une fois en maillot de bain, n'impressionnait plus personne.
Elle, sa puissance, c'était de la vraie, pas du chiqué.
Rien n'avait plus prise sur elle, rien ne pouvait la déstabiliser.
Son physique ingrat, sa situation de retraitée isolée, sa précaire survivance économique, ses vêtements reprisés et moches, tout cela constituait le velours mordoré qui mettait en valeur un redoutable joyau : la volonté farouche de durer encore un peu et à pleine vapeur.
Elle était la puissance incarnée.

Edmond aurait volontiers amorcé un repli stratégique mais Madame XX avait déjà tout compris. Elle avait détecté l'inconsistance d'Edmond comme un requin détecte une goutte de sang à cinq cents mètres, elle n'avait nulle intention de relâcher la proie qui venait juste de s'empaler sur elle. Elle avait évalué le bénéfice qu'elle pourrait en tirer, elle savait comment elle pourrait s'amuser avec cette babiole humaine, agrémenter ses journées en lui infligeant tourments et humiliations, et pourquoi pas, cerise sur le gâteau, l'utiliser pour retrouver son parapluie. Elle verrait les détails en temps et en heure.

L'autre vieille dame analysa la situation à la même vitesse et arriva aux mêmes conclusions. Aussi synchrones toutes les deux que les ordinateurs des pilotes automatiques d'avions qui font les mêmes calculs, au millième de seconde près mais de manières différentes, pour être sûrs de prendre la bonne décision.

Malheureusement, le sort avait choisi Madame XX et elle en nourrit un profond dépit.

Pourquoi l'avait-on privée de jouer avec ce polichinelle au profit de l'autre mémé ? Elle imaginait les brimades qu'il allait subir sous le joug de son alter ego octogénaire et enrageait de ne pas être celle qui aurait la joie de les infliger.

Elle décida de prendre ses distances avec Madame XX pour éviter que celle-ci ne jouisse en sa présence du plaisir que lui procurait par avance la torture de l'olibrius.

Elle espérait que sa compagne de commérage, privée d'un public de choix, ne voit son triomphe réduit à un pet de lapin en pleine tempête.

En tout cas, elle se jura d'afficher un total désintérêt pour la chose. Sa stratégie était claire : l'indifférence suprême.

Elle prétexta un problème de fibrome pour se retirer dignement, ne laissant rien percevoir de l'aigreur qu'elle ressentait à cette seconde pour l'humanité entière et elle laissa, face à face, la cliente experte et le détective débutant.

Un combat déséquilibré qu'aucune fédération WBA ou WBC ou WBO ou IBF n'aurait accepté d'organiser[5].

La vieille dame entreprit Edmond par un travail au corps et un jeu de jambes étonnants.

Elle aimait pointer les choses du doigt et enfoncer ledit doigt dans le ventre des personnes avec lesquelles elle discutait et qu'elle méprisait d'autant plus que celles-ci éprouvaient une sainte horreur de ce geste mais n'osaient pas le montrer.

Ce qui était le cas d'Edmond.

Elle raffolait du micro recul de dégoût qu'il ne pouvait contrôler à chaque fois qu'il voyait le doigt cruel et mal entretenu s'approcher de son ventre, se détendre telle une lame de cran d'arrêt et s'enfoncer dans sa graisse abdominale.

Elle sentait qu'Edmond redoutait ce moment, elle sentait qu'il le vivait par anticipation. Edmond ne regardait plus la vieille dame dans les yeux, il avait les yeux fixés sur ce doigt, cette mini baïonnette inhumaine.

C'était un supplice atroce et une jouissance précoce.

Dans la vie, tant de choses dépendent de votre position par rapport à la baïonnette.

Edmond était fort mal positionné. Dans la vie en général.

En tant que professionnel indépendant, il aurait pu l'envoyer se faire voir.

Mais il était tombé sous l'emprise de la vieille qu'il identifiait dans son imaginaire à la Grosse Bertha de ses livres d'Histoire, énorme et puissante et menaçante et meurtrière, alors qu'elle ne mesurait qu'un mètre cinquante, pesait quarante kilos, prothèses et fibromes compris.

---

[5] WBA: World Boxing Association. WBO: World Boxing Organization. WBC : World Boxing Council. IBF : International Boxing Federation.

Mais ce regard ! « Un rayon laser » aurait pu se dire Edmond.

Mais Edmond fantasmait davantage sur la « Grosse Bertha » que sur la « Guerre des étoiles ».

Alors va pour la Grosse Bertha. Va pour l'imaginaire désuet d'Edmond.

Ce qui entraîna notre détective privé à tout accepter pour se dégager de l'étreinte oppressante qu'exerçait sa future cliente.

Il accepta tout plus vite qu'un général, exterminateur de loin mais pusillanime de près, n'accepte une reddition sans condition pour conserver un espoir de retremper ses blancs mollets dans les eaux fraîches de son ruisseau d'enfance.

Il accepta les conditions normales, les conditions aberrantes, abusives, comme faire les courses de la vieille tant qu'il n'aurait pas résolu l'affaire du parapluie volé, et surtout, il accepta d'être rémunéré au tarif que sa cliente estimerait juste le moment venu.

–   Ma marge de progression dans la négociation avec mes clients est considérable, se dit-il.

Telle était la première cliente d'Edmond, Madame XX.

La carrière d'Edmond démarrait à ce moment-là.
Edmond, le détective privé.

Edmond rassemble les pièces du puzzle

Edmond devait retrouver un parapluie de grande taille, un parapluie Roland Garros d'un bon mètre de haut. Il ne parvenait pas à imaginer la vieille dame marchant avec ce parapluie en guise de canne car il était pratiquement aussi grand qu'elle.

Elle devait lever la main aussi haut que Louis XIV dans le célèbre tableau d'Hyacinthe Rigaud[6] (celui de 1701, montrant Louis XIV, posant avec élégance, la main sur une haute canne.)

Évidemment, la scène ne devait pas avoir autant de prestige.

Un cabas à roulette jaune et un grand parapluie vert et ocre à l'effigie de la BNP, tiré et porté respectivement, par une vieille dame voûtée ne pourront jamais soutenir la comparaison avec la distinction naturelle du Roi Soleil, vêtu d'hermine blanche, le regard perdu dans la contemplation de l'avenir glorieux qu'Il destinait à la France.

Les desseins de la vieille ne portaient pas aussi loin et l'avenir vers lequel portait son regard concernait celui d'un français très moyen et sans intention aucune de le rendre plus glorieux. Oh que non !

6

Edmond rassembla tous les éléments que la vieille dame lui avait fournis sur son emploi du temps le jour de la disparition du parapluie. Il était impossible d'en déduire si elle l'avait perdu ou si on le lui avait volé.

Mais elle jurait qu'on le lui avait volé et laissait entendre que quiconque prétendrait qu'elle l'avait perdu ferait mieux de renoncer à l'idée folle de passer devant son immeuble en heures ouvrables.

Elle était comme ça, Madame XX, toute en irascibilité.

Elle ajouta attendre avec impatience le jour où *son* détective lui apporterait la tête du voleur sur un plateau. Elle regarda Edmond en coin en prononçant railleusement « mon détective ».

Elle était comme cela, Madame XX, toute en irascibilité et en ironie.

Edmond devait être en mesure de reconstituer l'intégralité de la journée de sa cliente. Elle lui avait tout raconté. Pas toujours dans l'ordre chronologique, pas toujours de manière factuelle, pas toujours avec pondération et bienveillance. Plutôt de façon abrupte, caractérielle et belliqueuse.

Elle avait déversé des tombereaux de considérations négatives sur chaque individu rencontré et cela nuisait à la clarté du propos.

Un bon enquêteur aurait su exploiter cette masse d'information qui décrivait les conflits, les haines, les rancœurs, les tensions, les rivalités entre Madame XX et les habitants de ce petit quartier.

Mais pour l'instant, Edmond voulait se concentrer sur les faits et leur chronologie. Il étudierait plus tard les relations entre les protagonistes, les alibis des uns et des autres, les traces ADN etc.

–   Je m'emballe, je m'emballe. Je n'ai même pas de micro centrifugeuse ionique …

Et il était bien servi, l'abondance de matière l'intriguait.

Cette femme devait avoir un secret pour faire autant de choses en autant d'endroits différents alors que sa mobilité limitait son périmètre d'action à trois ou quatre rues.

Elle devait avoir un staff de conseillers et d'avocats pour être capable de gérer autant de litiges, de complots, de règlements de comptes avec ou contre ses voisins de palier, le concierge, les commerçants, le médecin, le pharmacien et même les piétons sur les trottoirs.

Sur *ses* trottoirs.

Edmond était complètement médusé par cette histoire de trottoirs.

Les trois quarts des déplacements de la vieille dame consistaient à traverser les rues pour changer de trottoirs.

Pour éviter telle personne.

Pour croiser telle personne.

Pour afficher son mépris à telle autre.

Pour défier celle-ci du regard.

Pour exhiber son parapluie princier à celles qui n'avaient que des parapluies ordinaires.

Pour vérifier une information récemment obtenue.

Pour signaler sa présence sur son territoire.

Pour signaler sa présence sur le territoire d'une autre.

Pour déjouer une éventuelle filature.

Et parfois, pour contourner une voiture mal stationnée. Le seul cas où ni ses invectives ni son regard d'aigle n'avaient d'utilité. Un gâchis.

Madame XX menait une vie de plein air tout en zigzag.

–   Et cela doit influer sur son discours. C'est pour cela que j'ai tant de mal à reconstituer sa journée.

La traversée de la bande de Gaza un jour de forte tension devait ressembler à un véritable jeu d'enfant à côté du parcours de la vieille dame dans les rues de son quartier.
Un, deux, trois, soleil !

Edmond patauge

Edmond, le détective débutant, essaya de mettre au point une méthode d'investigation simple et pragmatique. Elle se limitait à poser trois questions.

Où était allée Madame XX ce jour-là ?

Qui avait-elle rencontré ?

Que s'était-il passé lors de ces rencontres ?

Edmond récapitula, notes professionnelles à l'appui, le parcours de sa cliente :

➢ Chez la mercière.

Pour acheter une fermeture éclair. Finalement, elle avait acheté des boutons-pression. La fermeture éclair était trop chère et cette mercière n'avait pas voulu marchander.

➢ Chez le tripier.

Chez lequel elle n'avait rien acheté car elle s'était fâchée avec lui pour une histoire de préséance. Une encore plus vieille qu'elle, arrivée après elle mais servie avant elle. Elle insulta les deux vertement.

➢ Chez Madame YY.

La dame à qui elle racontait son histoire de vol du parapluie. Pour prendre le thé.

Mais elle soupçonnait cette pingre d'utiliser les sachets de thé deux fois et elle comptait bien rompre avec elle à la première occasion.

➢ Chez Ed l'épicier.

Pour acheter des choux fleurs, des yaourts, des biscottes et une bouteille de Vichy. Mais pas de la vraie Vichy, de la Vichy de chez Ed.

> Chez « Édouard ».

Le bistrot à l'angle de sa rue, pour boire un rosé. Sur le coup de midi. Elle en but deux. Elle en buvait toujours deux.

> Au « Chat Botté ».

L'autre bistrot, juste en face de chez « Édouard ». Pour boire ses deux petits kirs. Mais bien plus tard dans la journée.

> Devant la boutique de prêt-à-porter.

Boutique devant laquelle elle stationnait souvent mais dans laquelle elle n'était jamais entrée. Elle cherchait depuis longtemps à démontrer que l'endroit était le centre d'un trafic sordide. Il y avait certainement des cabines d'essayage truquées pour enlever les jeunes femmes.

> Chez Madame Robert.

Une relation qui agonisait. Une phase terminale qui n'en finissait pas. Elle en avait assez de faire un détour pour la visiter d'autant qu'elle n'apprenait pas grand-chose étant donné que l'autre ne sortait plus et radotait.

> Chez le marchand de journaux.

Des fois, il lui donnait un invendu. Chou blanc, ce jour-là. Elle se rinça l'œil sur les couvertures des magazines. Le nouvel infarctus de Michel Sardou lui fit hausser les épaules et elle reprit sa route.

> Chez la coiffeuse.

Mais juste pour causer. Cette femme, si vulgaire avec ses cheveux qui ressemblaient à de la paille à force d'y foutre toutes sortes de produits, était si bien informée qu'il était impossible de la snober. Son salon était une plaque tournante de l'information.

➤ Chez le médecin.
Pour le suivi de ses poumons et de tout le bazar qui déraillait. Avec l'espoir de découvrir de nouveaux signes de mauvaise santé. Pas chez elle, chez ce médecin médiocre et prétentieux.

– Voilà pour les faits, se dit Edmond, satisfait de l'exhaustivité de ses notes.
Mais il y a tous ces déplacements erratiques …

Erratiques pour Edmond mais pas pour la vieille dame qui en connaissait les motivations profondes.

➤ Chaque traversée de rue était calculée et avait un objectif bien précis.
Hors travaux ou véhicules mal garés, évidemment.

➤ Chaque arrêt était stratégique.
Le mouchage sonore et la recherche d'un truc dans le cabas jaune n'étaient que subterfuges pour détourner l'attention d'un observateur trop curieux.

➤ Chaque demi-tour brusque était un élément de sécurité et de contre vérification.
Pas du tout la conséquence d'un changement d'avis, ce n'était pas le genre de la maison.

➤ Chaque mini conversation de chaque mini rencontre n'avait rien d'un babillage mondain.
Il s'agissait d'une recherche d'information, d'une opportunité de recoupement d'information et de propagation de rumeurs et de contre rumeurs.

➢ Chaque regard panoramique était essentiel.
Il fallait évaluer régulièrement la situation géostratégique du quartier et repérer les évolutions, même minimes. Micro renseignements et vision globale étaient complémentaires.

➢ Chaque manifestation d'intérêt pour ceci ou pour cela pouvait être réelle ou factice.
Il fallait dissimuler aux observateurs ses véritables centres d'intérêt.

La volonté de la vieille dame de brouiller les pistes dans chaque situation rendait son comportement et ses récits indéchiffrables et compliquait le travail de l'enquêteur. Il enviait les espions des romans de John Le Carré qui avaient des jobs bien sympas à côté du sien.
Et pas question d'aller demander des précisions à Madame XX.
Elle n'était pas du genre à subir l'affront de raconter une seconde fois ce qu'elle avait parfaitement exprimé la première fois.

Edmond se faisait une obligation de réussir. Comment pourrait-il envisager une carrière de détective privé s'il n'était pas capable d'élucider sa première affaire ?

Edmond passe à l'action

Edmond lut une fois de plus les notes étalées dans son calepin professionnel. Il en était très satisfait. Mais ce n'était que l'aboutissement de la première phase d'une enquête, la plus simple. Il devait enchaîner sur la seconde, celle qui l'amènerait sur le terrain.

Edmond décida de refaire le parcours de la vieille dame et de rencontrer les mêmes personnes, dans les mêmes conditions, tout en se gardant de leur révéler qui il était.

Il partit de bon matin, avec des chaussures de sport, étant donné la longueur du parcours, avec son carnet de notes et un plan du quartier, étant donné la complexité du parcours.

Le premier objectif de la vieille dame, dès potron-minet, était de faire ses courses.

Le jour du drame, elle avait décidé de préparer des tripes aux choux fleurs[7].

Edmond partit du pied de l'immeuble, l'estomac barbouillé comme un élève timide le jour de la rentrée des classes.

Pas gaillard, vacillant même.

Le parcours normal pour atteindre la triperie était simple : tout droit puis à gauche sans changer de trottoir.

Le parcours de la vieille l'était moins.

Il fallait partir en sens inverse pour ne pas passer devant le numéro 54 de la rue où habitait un homme de son âge dont les parents avaient été des collaborateurs encore plus zélés que les siens pendant l'occupation et les deux familles étaient restées brouillées à vie.

---

[7] Le drame auquel il est fait allusion est le vol du parapluie, pas le choix de préparer des tripes aux choux fleurs.

Traverser la rue pour changer de trottoir et repartir dans la bonne direction n'était pas une option envisageable parce que ... Edmond se rappelait que Madame XX avait une bonne raison pour cela entre 7h et 10h les jours de semaine, mais impossible de s'en souvenir.

Edmond mit donc le cap dans la direction opposée à son objectif et dut contourner le pâté de maisons : tout droit, à droite trois fois et il se retrouva sur le même trottoir, de la même rue, à cent mètres de son point de départ mais au-delà de la zone pas encore démilitarisée depuis 1945.

Le reste du parcours jusqu'à la triperie était très classique. Tout droit et à gauche.

Edmond chez le tripier

Il trouva la porte de la triperie fermée, elle n'ouvrait qu'à 7h30 et il était 7h15.

Il avait oublié de prendre en compte le fait que la vieille dame marchait moins vite que lui, qu'elle marquait des arrêts fréquents, autant pour reprendre son souffle que pour observer des détails intrigants, et qu'elle tirait un cabas jaune à roulettes d'une main, l'autre main étant levée à hauteur d'épaule pour reposer sur le manche d'un parapluie d'un mètre de haut.

Il nota dans son calepin professionnel qu'il devrait, à l'avenir, s'imprégner davantage du contexte dans lequel évoluaient ses clients pour être en mesure d'appréhender la situation « en se glissant dans leur peau ».

Il frissonna en imaginant la chose.

Edmond faisait le pied de grue devant la boutique.

Les passants le regardaient, intrigués, et se demandaient ce que pouvait faire un jeune homme, étranger au quartier, devant une triperie à 7h15 du matin.

Dans l'ombre, de l'intérieur de la triperie, le tripier le regardait d'un œil méfiant et se demandait :

–   Qu'est-ce qu'il peut bien foutre, ce branleur, devant ma triperie, à 7h15 du matin ?

Un fiasco pour ce qui était de se fondre dans le paysage.

À 7h30, le tripier ouvrit son magasin et resta planté dans l'entrée qu'il bloquait complètement. Il regarda Edmond approcher et pivota légèrement pour lui laisser un étroit passage entre sa bedaine et le chambranle de la porte.

Edmond se glissa à l'intérieur. Il fut instantanément saisi d'une nausée provoquée par une immonde odeur de viande avariée. Il devint blanc, la sueur se mit à couler le long de son cou et sur son visage. Il se statufia, luttant pour garder la station verticale et pour ne pas vomir.

Au centre de la pièce se trouvait une vieille baignoire sur roulettes, remplie de tripes en mauvais état, qui avait dû passer la nuit dans la pièce surchauffée.

Le tripier quitta l'entrée, se dirigea vers la baignoire et la poussa vers un débarras dont il referma négligemment la porte.

Il se mit face à l'Edmond flageolant et lui dit :

–   Rassurez-vous, mon petit monsieur, il s'agit de ma baignoire d'invendus que je remplis au jour le jour et que je vide le samedi matin.

Nous étions un vendredi.

Edmond ne réagit pas à cette déclaration.

L'air frais entrant par la porte et la disparition de la baignoire lui permirent de reprendre ses esprits.

Le tripier lui demanda ce qu'il voulait.

Le détective privé n'avait pas totalement récupéré et il oublia d'appliquer la stratégie de dissimulation qu'il avait établie. Il répondit :

–   Je viens récupérer le parapluie Roland Garros.

Le tripier le regarda, d'abord sans comprendre, puis une petite lumière s'alluma dans son cerveau tripier :

–   Le parapluie Roland Garros ? Comme celui de cette vieille ...

Il s'arrêta net, son visage couperosé avait tourné au violet.

–   ... et je voudrais des tripes *aussi*, ajouta précipitamment Edmond pour rattraper le coup qu'il sentait mal engagé.

Le tripier se rendit lentement derrière son étal, les mains sur les hanches, pensif.

Il regarda Edmond droit dans les yeux et lui dit avec une autorité qui ne permettait aucune contestation :

–   Vous avez de la chance, mon petit monsieur. 7h30, c'est l'Happy Hour de la triperie. Je vous mets quatre kilos de tripes bien fraîches et bien baveuses pour le prix de trois.

Sans attendre de réponse, il enveloppa les quatre kilos de tripes grasses et baveuses dans un papier journal puis dans un autre et enchaîna :

–   Vous m'en direz des nouvelles. Et avec ça ? On se fait un petit boudin du matin ?

Edmond réussit à chevroter :

–   Non, merci bien … ça ira comme ça.

Edmond paya avec le sentiment d'avoir obtenu beaucoup de tripes et peu d'information. Il décida de rétablir l'équilibre. Il prit son courage de privé à deux mains et se lança :

–   Je suis un ami de l'une de vos clientes et elle se demandait si elle n'aurait pas oublié son parapluie chez vous. Une dame âgée, un peu voûtée, avec un grand parapluie Roland Garros vert et ocre et un cabas à roulettes jaune et ...

–   Quoi ?

–   Ce n'est qu'une hypothèse mais je me demandais si …

–   Hein ?

–   C'est une simple vérification de routine ...

–   Hein ? Quoi ? synthétisa parfaitement le tripier très en colère.

–   Oui, de simple routine ... au cas où …

–   Dehors ! hurla-t-il de plus en plus couperosé.

–   Je ne voulais pas vous importuner, je voulais juste …

–   Dehors ! Et allez dire à cette malotrue que si elle avait oublié son parapluie chez moi, elle aurait pas eu besoin de le chercher bien loin parce que je le lui aurais balancé dans le dos pour l'embrocher comme un vulgaire morceau de bidoche !

Nom de Dieu de nom de Dieu ! Et pourquoi que je lui aurais-t-y pas volé, tant que vous y êtes, hein ?

Dehors, dehors, hurla-t-il.

Et il claqua violemment la porte derrière lui

Edmond se retrouva sur le trottoir sans trop savoir comment.

Avec les tripes nouées pour les unes, sous le bras gauche pour les autres.

Malgré son triste état, son cerveau de privé ne restait pas inactif et lui soufflait que ce tripier n'était pas le voleur du parapluie. Il ne l'imaginait pas subtiliser le parapluie à la vieille dame si ce n'est, comme il l'avait hurlé, pour la transpercer de part en part.

Ce qui n'eut pas lieu le jour du drame et donc ce qui éliminait un suspect. Du moins pour Edmond.

Finalement, cette expédition en territoire tripier n'avait pas été du temps perdu.

Il consulta son calepin pour vérifier quelle était la prochaine étape de l'enquête : c'était la mercerie.

Un autre univers qui lui était totalement inconnu.

–   Ce métier va me permettre de fréquenter des milieux que je ne connais pas et ce sera très enrichissant, passionnant même, tenta-t-il de positiver.

Et il prit la direction de la mercerie en essayant de retracer le même chemin que la vieille dame.

Ses tripes sous le bras.

Edmond chez la mercière

La mercerie était située dans une rue perpendiculaire à celle de la vieille dame.

Celle-ci se sentait en territoire étranger et hostile dès qu'elle quittait sa rue. Elle était atterrée par tout ce qui se passait ailleurs.

Ce qui la déstabilisait au-delà du raisonnable, c'était la boutique de prêt-à-porter afro-cubain. Dès qu'elle s'en trouvait à moins de cent mètres, elle avait l'impression d'avoir été expatriée au fin fond de l'Afrique équatoriale comme le fut son grand-oncle qui y mourut de malaria.

La peur d'attraper cette maladie et les rumeurs de traite des blanches dans les cabines d'essayage la contraignaient à changer de trottoir. Elle n'avait pas fait fructifier ses verrues et ses fibromes au long de ces années pour finir dans un bordel en Afrique et y périr comme son grand-oncle.

Elle ne passait au niveau de cette boutique que sur l'autre trottoir, la poitrine en avant et le regard hautain, consciente que, dans ces moments-là, elle représentait la France face à ces dégénérés qui venaient d'on ne sait même pas trop d'où.

Aussitôt franchie cette zone insalubre, elle devait à nouveau traverser la rue avec son cabas à roulettes et son maxi parapluie pour jeter un coup d'œil à travers la fenêtre de la salle d'attente du dispensaire qui jouxtait la boutique maléfique.

Elle ne pouvait résister à l'envie de savoir qui consultait, au plaisir de percevoir les angoisses et les souffrances sur les visages. En prime, cela constituait une source d'information indispensable pour quiconque prétendait tenir un rang dans le quartier.

Elle scrutait avec intensité tous les détails.

Ont-ils une radio à la main ?

Une ordonnance ?

Une nouvelle béquille ?

Un pansement plus gros que la dernière fois ?

Un air de déterré ?

Elle n'arrêtait son observation que si quelqu'un dans la salle d'attente lui faisait comprendre, d'un regard ou d'un geste de la main, qu'elle était importune.

Et encore, uniquement si ce quelqu'un faisait preuve d'autorité. Si c'était un timide, elle continuait à scruter sans vergogne.

Edmond suivit exactement la même trajectoire que sa cliente, suscitant l'étonnement des passants qui le suivaient. Il arriva devant la mercerie, une petite boutique assez jolie, avec une devanture en bois verni et une vitrine garnie de pelotes de laine multicolores, de rubans et de matériel de couture, le tout disposé avec soin.

Il entra.

La patronne, BCBG selon les standards de la mercerie - port de tête altier et cheveux impeccablement permanentés - alertée par le tintinnabulement des grelots de la porte d'entrée, apparut rapidement. Elle fut fort étonnée de voir un jeune homme débarqué dans sa boutique qui était plutôt fréquentée par des dames d'âge mûr, adeptes du tricot et du point de croix. La présence d'un paquet malodorant sous le bras gauche du jeune homme, paquet qui commençait à provoquer une auréole sous son aisselle, avait amené la mercière à ranger Edmond dans la catégorie des nuisances à évacuer au plus vite du magasin.

Edmond s'était doté d'une stratégie pour ne pas aborder directement l'objet de sa venue, mais face à la mercière, femme de caractère et visiblement mal intentionnée à son égard, son aplomb fondit.

– Bonjour Monsieur. Que puis-je pour vous ?
Cette banale prise de contact, certes un peu sèche, déstabilisa Edmond. Il se bloqua quelques secondes et alors qu'il s'apprêtait à répondre, il prit conscience de petits bruits : ploc, ploc, ploc, ploc …
Il remarqua que la commerçante avait entendu la même chose et qu'elle semblait perturbée.
Afin de gagner les faveurs de la dame, il lui signala le plus niaisement du monde :
– Madame, je crois que vous avez un robinet qui goutte.
Elle ne répondit pas, ne bougea pas.
Son visage se contracta et son regard resta fixé sur le sol, au niveau des pieds du visiteur.
Au moment où Edmond baissait les yeux vers ses pieds, il entendit un autre ploc et vit une goutte s'écraser dans la petite flaque que les premiers plocs avaient constituée. Des plocs qui matérialisaient l'impact d'un liquide laiteux qui tombait directement du dessous de son aisselle gauche : ses tripes commençaient à transpirer et à suinter à travers le fragile papier journal fourni par le tripier et tachaient le parquet parfaitement ciré de la mercerie.

Le malaise était palpable, renforcé par le goutte à goutte, le ploc à ploc, bien rythmé.
Edmond tenta une diversion :
– Chère Madame, auriez-vous l'obligeance de me fournir un sac en plastique afin que j'y glisse mes tripes fraîches ? demanda-t-il, feignant une désinvolture naturelle pour impressionner la dame.
Mais sa voix mal assurée ruina tous les effets escomptés.
La notion de tripes fraîches fut également contreproductive.
– Un sac comme celui-ci, continua-t-il misérablement.

Et il tendit le doigt vers de jolis sacs rouges posés sur le rayon des laines de Mohair, le rayon qui avait fait la réputation de ce magasin, haut lieu de la mercerie locale.

La mercière, d'une voix métallique, bougeant à peine les lèvres, sans détourner le regard de la petite flaque écœurante qui salopait son parquet impeccable, siffla :
–   Dehors !

C'était encore plus impressionnant que la même demande vociférée par le tripier couperosé.
Edmond recula doucement vers la porte, sans quitter la dame des yeux, comme s'il cherchait à fuir un crotale prêt à lui sauter au visage.
Dans un sursaut de conscience professionnelle, il osa demander :
–   Dites-moi, Madame, n'auriez-vous pas des parapluies à vendre, même d'occasion, des grands, des Roland Garros par exemple ... vous voyez ... des verts et ocres ?

Le regard de la commerçante suivait le chemin criblé de gouttes blanchâtres depuis la flaque de départ jusqu'à la position actuelle du porteur de tripes, battant en retraite.
Elle leva lentement les yeux. Ils firent jonction avec ceux d'Edmond et s'y plantèrent tels les crochets du crotale.
–   Dehors ! répéta-t-elle avec le calme spécifique à ceux qui sont juste au bord de l'explosion, tout juste au bord de.
Elle émit un dernier et presque inaudible sifflement :
–   Dehors !
La porte de la boutique claqua violemment derrière lui.

Edmond se retrouva sur le trottoir sans trop savoir comment.

En vrai professionnel, il fit son débriefing.
–   A l'évidence, elle n'est pas coupable.
Il ne poussa pas plus loin son analyse. Cette conclusion lui convenait parfaitement puisqu'elle lui permettrait de ne plus avoir à rencontrer cette commerçante en face à face.

Il était nerveusement très entamé.
Il consulta son calepin et vit avec soulagement que la prochaine étape de la vieille dame, le jour du drame, avait été le bistrot pour ses deux petits verres de rosé.
Il accueillit cette nouvelle avec soulagement.

Il était en avance par rapport à l'horaire de sa cliente. Non seulement elle marchait moins vite que lui mais elle avait dû faire durer les rencontres plus longtemps et opposer à ses interlocuteurs une résistance d'un tout autre niveau que celle de son détective falot.
Une résistance ? Que nenni ! Elle avait dû lancer des attaques en règle, oui !
C'était son genre, à Madame XX.

Il se mit en route vers le bistrot « Chez Édouard ».
–   Tant mieux, se dit-il, je vais pouvoir récupérer et penser
     à la suite de mon enquête.

En toute rigueur, il aurait dû se rendre au bistrot en faisant un détour assez compliqué pour retracer fidèlement le trajet de la vieille dame qui, à cette occasion, avait croisé un groupe de touristes « dont on ne sait pas trop d'où ça sort, cette engeance-là ! » qui l'avait obligée, elle, Madame XX, à changer de trottoir à un endroit où il n'y avait aucune raison qu'elle changeât de trottoir. Aucune.
Un crime de lèse-majesté, perpétré sur son propre territoire et par des étrangers.

C'était d'autant plus insupportable qu'elle n'avait aucun moyen de représailles contre ces gens-là. D'autres allaient payer pour eux, c'était sûr, elle ne s'inquiétait pas pour ça, mais ce ne serait pas pareil.

Edmond se rendit « Chez Édouard ». Direct.

Edmond au bistrot

Il s'assit sur un tabouret au comptoir et posa, sans y prendre garde, son paquet de tripes suintantes sur le zinc, ce qui provoqua aussitôt la constitution d'une petite *mare nostrum*[8].
Le patron du bistrot arriva et se tint face à Edmond.
Celui-ci, perdu dans ses réflexions, passa commande sans même lever la tête :
–   Un rosé, s'il vous plait.
Au bout de quelques secondes, Edmond remarqua que le patron, derrière son bar, n'avait ni répondu ni bougé d'un millimètre.
Toujours dans ses pensées, il renouvela la commande :
–   Un rosé, s'il vous plait.
La même impression de quelque chose de pas normal finit par l'intriguer.
Cette fois, il leva les yeux.
Il crut être revenu une heure en arrière. Il voyait, en face de lui, un clone du tripier.
Pas celui du tripier qui entortillait du papier trop fin autour de tripes trop grasses.
Non. Celui du tripier qui le jetait hors de sa triperie en hurlant « Dehors ! »
–   Dehors ! hurla le patron du bistrot.

Edmond perçut dans ce hurlement la confirmation de sa puissance d'observation. C'était bien un clone du tripier, autant par l'attitude physique assez primaire que par le discours verbalisé à haute et intelligible voix. Une couperose légèrement plus violacée, peut-être …

---

[8] Pour les non-latinistes : notre mer. Expression utilisée parfois pour désigner la mer Méditerranée.

Il eut même le temps de théoriser sur la situation locale, se disant que dans ce petit quartier refermé sur lui-même, il n'était pas impossible qu'il existât des cas de consanguinité, séquelles d'accouplements illégitimes, qui aboutissaient à ce type de gémellité troublante et il était certainement en présence d'un exemple typique de ...

Mais le patron ne lui laissa pas le loisir de finir son intéressante réflexion sociologique.

Edmond était encore assis sur le tabouret, les deux coudes sur le comptoir. Les yeux levés, il suivait le tracé violacé des vaisseaux sanguins sur les bajoues du bistrotier comme s'il eût recherché un chemin vicinal sur une carte routière au 1/10000ème.

Le patron contourna le comptoir et empoigna Edmond par le col de son imperméable et le jeta sur le trottoir en hurlant:

– Dehors !

Puis il claqua violemment la porte derrière lui.

– Une constante comportementale de la population locale, nota doctement Edmond. Très intéressant.

Edmond se retrouva sur le trottoir sans trop savoir comment.

Il s'était mis à marcher d'un pas mal assuré lorsqu'une main puissante et déjà familière l'agrippa, lui glissa le paquet de tripes sous le bras gauche et lui envoya une bourrade dans le dos qui le propulsa trente bons mètres en ligne droite.

Edmond se demanda si c'était la bonne direction, celle que sa cliente avait empruntée après s'être envoyée ses deux petits rosés bien frais et revigorants, le jour du drame.

La gorge sèche, il prit son calepin et vérifia.

Oui, c'était la bonne direction. Il se réjouit de cette bonne fortune et se remit en route vers l'étape suivante de son

investigation visant à l'élucidation de cette affaire de vol de parapluie.
Une nouvelle étape pour une nouvelle aventure humaine : Ed l'épicier.

Edmond au supermarché

Le supermarché présentait l'avantage, aux yeux d'Edmond, d'être un endroit plus impersonnel où il pourrait éviter la confrontation directe avec un petit patron « seul maître à bord après Dieu » qui décidait, systématiquement, de le balancer par-dessus bord.

Le choc des dernières rencontres l'avait ébranlé au point de rendre sa pensée plus erratique qu'à l'ordinaire. Il en arriva à se poser la question suivante :
-   Mais qui sont les Saints Patrons de la Triperie et de la Mercerie ?
Il se promit de faire les recherches plus tard[9].
-   Autant profiter de mes investigations dans tous ces milieux si singuliers pour me cultiver, se dit-il.
Il avait décidé de positiver mais ce n'était pas facile.

Edmond entra dans le magasin et se rendit à l'accueil pour demander si un grand parapluie Roland Garros n'avait pas été rapporté. L'hôtesse lui répondit que non.
Il décida par acquit de conscience de parcourir les rayons.
Sa cliente lui avait dit avoir acheté des choux fleurs, des yaourts et de l'eau de Vichy. Elle avait dû circuler à travers le magasin et, fouineuse comme elle était, elle n'avait pas dû laisser un centimètre carré inexploré par son regard d'aigle.
-   L'information peut être dans n'importe quel rayon, se dit Edmond, en essayant de raisonner à la manière de sa cliente.

---

[9] Le Saint Patron des bouchers et tripiers est Barthélemy. Quant à celui de la mercerie, l'offre à candidature tient toujours.

– L'information est dans tous les rayons, aurait-elle rectifié.

Rien au rayon légumes. Rien au rayon des produits laitiers. Rien au rayon des produits d'entretien. Rien au rayon des conserves.

Il fit un petit tour aux rayons pâtes, riz et huiles dont une bonne partie de la marchandise était répandue sur le sol et, prudemment, il atteignit le rayon boucherie-charcuterie.

Rien non plus. Tant pis, Edmond décida de quitter l'endroit. C'est alors qu'il fut intercepté par deux employés du magasin qui lui intimèrent l'ordre de rester sur place. Ils avaient été alertés par des clients qu'un type louche rodait dans les rayons avec un paquet malodorant sous le bras.

Une vieille dame croyait avoir identifié le cadavre d'un petit chien en décomposition.

Un vieux monsieur était sûr que c'était un organe humain. Probablement un cerveau.

Un aveugle assurait que cela ressemblait à une odeur de tripes fraîches.

Il fut traité avec toute la commisération due aux handicapés.

Les clients commençaient à s'agglutiner autour d'Edmond et à s'agiter de plus en plus alors qu'Edmond, au contraire, se recroquevillait, pétrifié.

Tous exigeaient de voir le contenu du paquet.

Le gérant du magasin arriva et son autorité ramena un peu de calme dans l'attroupement.

Il demanda à Edmond ce qu'il faisait là et ce qu'il y avait dans son paquet et pourquoi il provoquait ce raffut et ... et ... et ...

Edmond ne pouvait traiter autant de questions en même temps. Il se raccrocha aux fondamentaux de son affaire :

– Je suis venu ici pour retrouver le grand parapluie Roland Garros de ma cliente, madame XX.

Sidérée par cette réponse, la foule fit silence pendant quelques secondes.

Le gérant du magasin reprit la parole.

- Un parapluie ? C'est une plaisanterie !
- Non.
- Qu'y a-t-il dans ce paquet ?
- Ce sont mes tripes.
- Vos tripes ? C'est encore une plaisanterie ?
- Non.

Edmond, que la panique videuse de tête rendait inconscient, demanda à la cantonade :

- Quelqu'un aurait-il trouvé un parapluie Roland Garros, un parapluie vert et ocre, d'un mètre de haut ?

Une rumeur réprobatrice monta de la troupe qui commençait à être irritée par les questions et les réponses d'Edmond.

Le gérant reprit la situation en main.

- Mais c'est quoi cette histoire de tripes ?
- Ce serait trop long à expliquer ... c'est pour une enquête ...
- Dites donc, ce ne serait pas le patron du magasin d'en face qui vous aurait demandé de mettre un paquet de pourriture dans mon rayon boucherie pour nous nuire ?
- Non monsieur, c'est les tripes que j'ai achetées chez le tripier quand je cherchais à savoir si c'est lui qui avait volé le parapluie de ma cliente.
- Le parapluie ... chez le tripier ...
- Il ne l'avait pas, la mercière non plus ne l'avait pas.
- Hein ? Chez la mercière aussi ... Ah, ça suffit maintenant, vous commencez à me fatiguer !
- Il ment, c'est un trafiquant d'organes, insista le vieil homme, adepte de la théorie du complot.

–   Crétin ! intervint la vieille femme. C'est le cadavre de son petit chien. Il doit pas se résoudre à s'en séparer. Je ferai pareil avec mon Kiki quand il décédera.

–   Non, ce sont des tripes, répondit Edmond.

L'aveugle préféra s'abstenir, il éprouvait trop de pitié pour les valides.

Le ton montait, les opposants s'opposaient presque physiquement. Le gérant prit peur et fit appel aux vigiles pour faire évacuer le client perturbateur.

Edmond se retrouva sur le trottoir sans trop savoir comment, ses tripes sous le bras gauche.

Le gérant fit une dernière apparition énervée à la porte du magasin et hurla :

–   Dehors !

Faute de porte à claquer – le magasin était équipé de portes à fermeture automatique - le gérant ne claqua aucune porte derrière lui.

Edmond ne s'en offusqua pas. Il fallait bien faire des concessions à la modernité.

Il avait acquis la certitude que le parapluie n'avait pas été perdu dans ce magasin.

Réflexe pavlovien : Edmond sortit son carnet de notes professionnelles. Son enquête devait l'amener chez Madame Robert, la recordwoman de l'agonie longue durée.

Dixit sa cliente, Madame XX.

Il prit le chemin indiqué par cette dernière et multiplia ainsi par quatre la distance à parcourir. Le but était d'éviter celle-là et d'emmerder celui-ci ... il ne fit même pas l'effort de se rappeler les tenants et aboutissants de cette trajectoire alambiquée. Trop compliqué.

Edmond chez Madame Robert

L'escalier sentait le chou-fleur refroidi.
Edmond toqua doucement à la porte.
La porte s'entrouvrit et un homme apparut dans l'entrebâillement et dit :
- Oui ?
- Excusez-moi, Monsieur. Je pensais être chez Madame Robert.
- Et ?
- Je voudrais lui parler.
- De ?
- Une affaire importante.
- Quoi ?
- C'est une affaire personnelle.
- Comme ?

Une voix aigrelette mais ferme, venue du fond de l'appartement, gueula :
- Dites donc, toubib ! De quoi j'me mêle ? C'est chez moi, ici. Laissez entrer.
- Entrez, soupira le médecin, visiblement au bord de la crise de nerfs.

Cette fois, plus aucun doute : on avait dû faire cuire des tonnes de choux-fleurs depuis des dizaines d'années dans cet appartement sans jamais ouvrir les fenêtres.
La vieille dame trônait au centre de l'appartement, dans un lit très haut, recouvert de couettes, de couvertures, d'édredons. Elle disparaissait presque complètement sous cette avalanche de linge mais sa personnalité ressortait sans difficulté, surtout son regard.
- Encore un clone, se dit Edmond. Un clone de ma cliente.

Le médecin demanda à sa patiente de le laisser terminer la consultation avant qu'elle ne se consacrât à son autre visiteur.

Elle ne le laissa même pas finir sa phrase. Après tout, c'est elle qui payait, non ?

Elle demanda à Edmond :

– Qui êtes-vous ? Que voulez-vous ?

Edmond lui expliqua qu'il était une relation de Madame XX.

– De cette brave Madame XX ! dit-elle avec ironie.

– Je viens vous voir pour une affaire qui la concerne.

– Et vous arrivez les mains vides ! Une relation de Madame XX, ça ne m'étonne pas !

– Voilà ce qui m'amène. Madame XX a égaré son grand parapluie Roland Garros et elle se demandait si elle ne l'avait pas oublié chez vous lors de sa dernière visite de courtoisie.

– Sa visite de courtoisie ! gloussa-t-elle. Elle est bien bonne, celle-là ! Madame XX ferait des visites de courtoisie. Ce vieux chameau ! Elle ne vient ici que pour voir si je ne suis pas refroidie et pouvoir l'annoncer dans le quartier avant tout le monde.

Puis, l'attitude de la vieille femme changea. Elle arrêta de jacasser, de regarder à droite, à gauche, de se tortiller. Elle devint totalement concentrée sur le sujet. On sentait qu'elle faisait appel à toutes ses facultés mentales, toute sa puissance de réflexion, qu'elle réquisitionnait jusqu'au plus inopérant de ses neurones pour faire le point de la situation. Ses yeux fixaient durement Edmond. Plus rien d'autre n'existait. Ni l'âge, ni la maladie, ni la solitude.

Les deux hommes ne bronchaient pas, de peur d'interrompre ce silence et de devenir la prochaine cible. Ces petites vieilles savaient en imposer.

Mielleusement, elle finit par susurrer :
- Alors comme ça, Madame XX a perdu son beau parapluie ?

Elle fit une pause et reprit, doucereuse :
- Je sais peut-être où il est, son beau parapluie …

Edmond ne se laissa pas berner, il se fia à son instinct d'enquêteur qui lui soufflait que la vieille dame bluffait. Si elle avait su quelque chose, elle aurait réagi plus vite car elle aurait déjà eu une stratégie dans la musette. Elles n'arrêtaient pas de penser stratégie, ces vieilles dames. Et là, elle avait pris le temps de réfléchir donc elle ne savait rien, elle improvisait.
- Ce n'est pas grave, Madame Robert. Je ne vais pas vous déranger plus longtemps pour *rien*, je vais vous laisser avec le docteur.

La vieille dame ne s'y attendait pas et resta sans réaction - ce qui était rarissime - estomaquée et frustrée. Edmond enfonça le clou en lui souhaitant un impersonnel prompt rétablissement avant de faire demi-tour en direction de la porte.

La vieille recouvra assez de présence d'esprit pour dire d'une voix de fauve dompté :
- Un prompt rétablissement ! Vous en avez de bonnes, vous ! Vous croyez qu'on se rétablit d'une amputation du pied causée par un diabète de forcené ?

    Et en plus … avec l'autre là ...

Elle regardait en direction du toubib qui la regardait aussi.

Dégoûtée et dégoûté.

Edmond n'en eut cure et sortit en claquant violemment la porte derrière lui.

Il aimait adopter les usages des milieux qui l'accueillaient, c'était une condition nécessaire pour une bonne intégration.

Il avait à peine descendu quelques marches qu'il entendit la voix de la patiente, rauque de dépit, éructer :
–   Dehors ! Dehors !
Il était satisfait. Il était en mesure d'anticiper les réactions des habitants du quartier.

Sans même le savoir, Edmond avait désinhibé le médecin.
–   Je vais vous prescrire un médicament pour vos douleurs aux reins.
–   J'ai plus mal aux reins. C'est l'estomac qui me fait mal aujourd'hui.
–   Ah ! Vous commencez à m'emmerder avec vos symptômes qui changent tous les jours. Je vous file ça et basta. Si vous avez encore mal à l'estomac demain, appelez-moi et j'aviserais. Au revoir.
Et il sortit en claquant violemment la porte derrière lui et trouva ce geste jubilatoire.

La vieille dame resta coite, pour la seconde fois.
Deux échecs coup sur coup et contre deux minables dont elle aurait dû ne faire qu'une bouchée.
Vraiment, elle devait aller aussi mal qu'elle le simulait.
Pour la première fois, elle prit son agonie au sérieux.
Il n'y a pas d'âge pour commencer à assumer ses responsabilités.

Edmond chez les afro-cubains

Edmond avait retrouvé un semblant de moral après sa prestation maîtrisée chez Madame Robert mais il éprouvait quand même le besoin de souffler.

La première demi-journée avait été éprouvante et il n'avait toujours pas la moindre idée sur ce qui avait bien pu arriver au fameux parapluie.

Il décida d'aller déjeuner au « Chat Botté », le bistrot où sa cliente s'envoyait ses petits kirs.

Chemin faisant, il passa devant le magasin de prêt-à-porter afro-cubain.

– Allons faire un tour dans cette boutique. Ce qui est fait n'est plus à faire.

Il entra, ses tripes sous le bras.

Il n'y pensait plus. Elles faisaient partie de lui, comme un membre atrophié ou plutôt comme un chancre qui ne faisait pas mal.

Il décida d'aller droit au but car il savait qu'il lui serait difficile de se fondre parmi la clientèle adepte du style afro-cubain.

Un petit tour dans les rayons, un petit tour dans les cabines d'essayage, et s'il ne trouvait rien, il se résoudrait à poser une bonne et franche question au patron des lieux. Exercice redoutable étant donné le manque de bienveillance dont faisaient preuve les patrons du quartier à son égard mais il était convaincu qu'il s'agissait là d'une exigence de sa charge et qu'il ne pouvait s'y dérober. Il avait été officier ministériel et il lui restait ce sens du devoir.

La clientèle du magasin n'était pas autochtone ou alors autochtone d'ailleurs.

Les vêtements colorés qu'on y vendait tranchaient avec les manteaux marron, les imperméables gris, les pantalons anthracite que portaient les habitants du coin.

Les couleurs vives firent du bien à Edmond. Il était sur le point de troquer son imperméable ardoise et son pantalon de flanelle contre une chemise hawaïenne et un pantalon en toile blanche écrue quand la réalité lui rappela qu'il n'était pas venu dans ce magasin pour faire ses emplettes mais pour progresser dans une enquête criminelle.

Peut-être pas tout à fait criminelle mais le délit était possible. L'infraction en tout cas probable. Au moins une incivilité. Une indélicatesse caractérisée … au moins ça … sinon …

Il préféra arrêter d'y réfléchir.

Il quitta le rayon des chemises hawaïennes et parcourut toutes les allées du magasin.

Une fois dans un sens, une fois dans l'autre.

Il visita l'intérieur des cabines d'essayage dans lesquelles il frappa vigoureusement le sol du pied : apparemment pas de trappe sournoise mais du bon ciment. Il frappa vigoureusement les parois : apparemment du bon plâtre. Même les miroirs ne reflétaient rien de suspect.

Il démarrait son troisième tour du magasin lorsque la patronne, afro-cubaine probablement, intriguée par son manège, lui barra le passage et lui demanda sur un ton fort avenant, tout en restant prudemment à une certaine distance:

–   Bonjour Monsieur. Vous cherchez quelque chose de particulier ? Puis-je vous aider ?

Elle était fort bien foutue et surtout elle regardait Edmond en souriant.

Un sourire franc, le premier sourire franc qu'il voyait dans le quartier, et un bien joli sourire.

Il fut comme un lapin pris dans les phares d'une voiture la nuit au milieu de l'autoroute : ébloui.

Et comme pour le lapin, cela prit mauvaise tournure. Il laissa tomber son paquet de tripes au sol. Plus de petits plocs mais un gros splaouutchhh, mou et aqueux.

Comment rompre le charme d'un instant délicat ?

C'est très simple : laissez tomber un paquet de tripes spongieuses au pied d'une charmante personne et vous obtiendrez le résultat escompté : résultat garanti à cent pour cent.

Les pantalons en toile blanche qui pendaient à proximité de l'impact décidèrent immédiatement de se garnir de tâches rosâtres et maronnâtres.

Rien ne distingue davantage deux cultures que les goûts vestimentaires et le choix des couleurs.

Le clash culturel fut immédiat et fulgurant.

La patronne bascula instantanément de l'état de bien foutue à l'état de bien bâtie. Elle saisit Edmond par le bras et, avec une force dénuée d'agressivité, elle le guida fermement vers la sortie.

Conséquence : Edmond se retrouva sur le trottoir sans trop savoir comment, une fois de plus. Les tripes sous le bras. Il ne se souvenait même pas les avoir ramassées.

Personne ne hurla « Dehors ! »

Aucune porte ne claqua derrière lui.

Rien ne distingue davantage deux cultures que la réaction face à un individu qui lâche un paquet de tripes malodorantes sur un parquet privatif ... à part les goûts vestimentaires et le choix des couleurs, évidemment.

Edmond prit son calepin et ... consternation.

Il avait pourtant noté que sa cliente, Madame XX, n'avait jamais mis les pieds dans ce magasin. Jamais. Elle redoutait plus que tout au monde d'y pénétrer, elle l'observait du trottoir d'en face, loin des miasmes des pays chauds qui devaient s'en échapper et qui avaient été fatals à son grand-oncle.

Quelle erreur d'y être entré. Une erreur lamentable de débutant.
Une perte d'énergie, de temps et un fiasco pour la confiance en ses capacités de séduction.

Edmond au bistrot, encore

Edmond avait dilapidé la majeure partie de l'assurance acquise après sa prometteuse victoire sur Madame Robert. Il aurait volontiers troqué cette victoire contre une plus modeste auprès de la jolie patronne du magasin de prêt-à-porter.

Mais notre détective n'avait pas le charme dévastateur de bon nombre de ses collègues réputés[10].

Il se mit en route vers le bistrot « Au Chat Botté ».

Il entra, il était encore tôt pour déjeuner et il n'y avait personne en salle. Il s'assit à une table et attendit.

Un miracle se produisit : il eut la présence d'esprit de dissimuler ses tripes sur la chaise d'à côté avant l'arrivée du patron.

Tout organisme vivant s'enrichit de ses expériences. Les lois de l'évolution qui ont abouti à ce qu'Edmond acquiert cette capacité d'apprentissage n'auront pas existé en vain.

Il dissimula donc ses tripes à temps.

Le patron finit par arriver, se campa solidement sur ses courtes jambes devant la table d'Edmond, lui exposa le visage couperosé traditionnel, presque fluorescent - métier oblige - et lui demanda ce qu'il voulait.

– Je voudrais déjeuner. Puis-je avoir la carte, s'il vous plait ?

– Ici, c'est plat unique. Aujourd'hui, c'est des tripes.

Edmond sentit sa tête se vider. Il regardait en direction du patron mais ne le voyait plus. C'était comme dans un mauvais rêve.

---

[10] L'auteur ne sait pas faire.

Le patron attendit la réponse puis décida d'interpréter le sourire niais de son client comme un acquiescement et partit en cuisine.

Les niais ne le dérangeaient pas tant qu'ils consommaient.

Il apporta une pleine soupière de tripes grasses et fumantes, un pichet de vin et du pain.

Il souhaita bon appétit à Edmond qui avait gardé exactement le même sourire figé.

Le patron se demanda une fraction de seconde si ce niais était vraiment niais ou s'il se foutait de sa gueule.

Edmond baissa la tête et son visage fut enveloppé par les volutes des vapeurs de tripes grasses qui s'échappaient de la soupière.

Il se mit à transpirer à grosses gouttes tout en fixant les tripes fumantes.

Il se demandait si son estomac allait se retourner. Mais non, il tint bon. L'odeur des tripes crues qu'il trimbalait sous son bras depuis le petit matin avait dû le mithridatiser.

Il ne mangea rien mais but son pichet de vin à petites gorgées puis resta prostré.

Au bout d'un certain temps, le patron s'approcha de la table, vit le plat de tripes intact et regarda Edmond avec un mépris non dissimulé.

– Le monsieur a terminé ?

– Heu ... oui.

– Il désire une charlotte banane-chocolat-chantilly ?

– Non, merci bien.

– Un café ? Un Pousse-café ?

– Non, merci, rien.

Le patron débarrassa la table, dévisageant Edmond sans aucune sympathie.

Il partit et revint avec l'addition.

Il tiqua. Une odeur suspecte le troublait. Comme une odeur de tripes pas fraîches.

Mais oui ! C'était une odeur de tripes pas fraîches !

Il repartit avec l'argent d'Edmond et se dirigea comme un bulldozer vers la cuisine, furax. Il s'y engouffra et Edmond l'entendit hurler sur le personnel. Le patron furibard ressortit et Edmond entendit ses derniers mots :

–   ... et si tu me refais le coup d'acheter de la bidoche pas fraîche je te fous dehors !

Et comme prévu, il claqua violemment la porte de la cuisine derrière lui.

Edmond n'avait plus rien à faire dans ce bistrot.

Il s'apprêtait à partir, plus faiblard qu'en arrivant. Les effets combinés du vin dans son estomac vide et les relents de tripes chaudes l'avaient détruit.

In extremis, il se rappela qu'il était venu ici pour chercher des informations sur un grand parapluie Roland Garros. Même si cette affaire lui paraissait irréelle à ce moment précis.

Il demanda au patron avec la voix d'un type pas dans son assiette :

–   Dites-moi. Vous n'auriez pas ... *(un petit renvoi)* ... pardon ... vous n'auriez pas retrouvé un parapluie vert et ocre, par hasard, qu'une vieille dame aurait oublié au comptoir ?

Le patron se pencha au-dessus de la table, regarda son client droit dans les yeux et lui répondit sans aménité et en détachant bien les syllabes :

–   Non, monsieur, je n'ai pas trouvé de parapluie.

Edmond sentit que le moment de quitter le restaurant était arrivé.

–   Merci bien. Au revoir.

Pavlov et Darwin auraient été fiers d'assister à cette scène.

Edmond se leva et, sans même y penser, prit son paquet de tripes et se le cala sous le bras gauche.

Il sortit calmement, ou plutôt mécaniquement, sans prendre conscience du patron qui le regardait, estomaqué à un point tel qu'il n'eut pas la présence d'esprit d'injurier ni d'invectiver ni de bousculer son client, en clair, de se comporter comme un vrai patron du quartier aurait dû faire.

Le bistrotier n'y croyait pas.

Un type, qu'il aurait pu écraser comme une punaise sur le plancher, était venu dans son établissement, lui avait commandé un plat des meilleures tripes de la ville, les avait snobées et avait planqué sur la chaise, à côté de lui, un horrible tas de saloperies pour pourrir sa salle avec cette odeur immonde !

Jamais il n'avait subi un tel affront.

Jamais il n'aurait imaginé que quelqu'un puisse être assez gonflé pour oser le provoquer avec ce culot.

Et dans son bistrot.

En plus, il devrait présenter des excuses à son cuistot.

Le choc était très rude à encaisser. Il sentait son autorité vaciller.

Il retrouva péniblement son équilibre.

Il retrouva plus facilement la force de renoncer à faire des excuses à son cuistot.

Il était temps qu'il reprenne le dessus, il devait réagir.

Il partit comme un bulldozer vers la cuisine bien décidé à engueuler ledit cuistot.

Il avait encore trente mètres à parcourir avant de trouver un motif. C'était un vrai test : s'il était performant dans cet exercice, alors cet épisode ne serait plus qu'un mauvais souvenir.

Edmond sortit. L'air frais lui fit du bien.

Il ne se doutait pas qu'il venait de défier et de défaire un monarque absolu dans son royaume. Les vrais héros sont souvent anonymes et leurs exploits restent méconnus.

Edmond, modestement, prit le chemin de ...
Il lut son calepin, à la Pavlov, pour découvrir l'univers dans lequel il allait passer les quinze prochaines minutes de son existence.

Edmond se mit en route pour aller chez la coiffeuse.

Edmond chez la coiffeuse

Le salon de coiffure était réservé à une clientèle féminine, une clientèle d'âge mûr.

La patronne, elle-même assez âgée, avait un style diversement apprécié.

Elle pensait que son art consommé du maquillage, de la teinture capillaire et de l'accessoire de mode, en particulier des chaussures à talons aiguille, lui conférait une personnalité suffisamment sophistiquée pour l'autoriser à regarder de haut ses clientes en chaussures à semelles de crêpe et aux cheveux filasse.

En retour, la clientèle plus classique jugeait son allure vulgaire, autant par son maquillage outrancier que par ses vêtements ridicules pour une femme de son âge, ce qui procurait assez de matière pour alimenter les commérages venimeux et les jugements vipérins hors du salon.

En clair, il régnait un équilibre parfait dans ce biotope dédié à la capilliculture.

La conversation y était insipide et chacune se plaisait à penser que les autres en étaient responsables mais qu'elle devait s'y conformer par charité chrétienne.

Parfois, quand même, une discussion pouvait présenter de l'intérêt et devenir animée.

Mais il fallait pour cela que ces dames fussent sur la même longueur d'onde, c'est-à-dire qu'elles s'accordassent sur le nom de la victime à vilipender. Un consensus est toujours possible entre personnes de bonne volonté et elles n'en manquaient pas.

Alors dans ce cas, oui, la somme réclamée pour une permanente pouvait se justifier.

C'était le petit monde du salon de coiffure pour dames, beaucoup plus complexe, plus subtil et plus cruel que les hommes ne peuvent l'imaginer.
Edmond n'avait aucune connaissance de ce milieu. Il allait devenir l'heureux élu du consensus de ces dames.

Son épuisement physique et mental, son estomac soumis à l'épreuve du vin et des vapeurs nauséeuses ainsi que les autres mésaventures de la journée, l'avaient réduit à l'état de zombi.
Il entra et resta planté comme un piquet devant le comptoir déserté par la patronne et ses coiffeuses, toutes en train de s'affairer sur des crânes qu'elles avaient déjà coiffés à maintes occasions et d'où résonnaient sempiternellement la même rengaine. Elles avaient le sentiment d'avoir déjà fait et dit tout cela et la certitude que ce n'était pas la dernière fois. Un autre cheminement pour atteindre l'état de zombis.

Il restait planté à l'entrée, sans s'impatienter, sans chercher à attirer l'attention. Trop fatigué, plus assez d'envie, plus d'élan.
Tous les regards étaient braqués sur lui et un silence s'abattit sur le salon de coiffure. On eût dit une ruche qui, d'un coup, se serait arrêtée de bourdonner. Les coiffeuses avaient figé leurs gestes, bigoudis et autres engins professionnels suspendus dans les airs.
Les clientes tournaient la tête vers Edmond ou le regardaient dans un miroir.

Au bout d'un certain temps, la patronne prit conscience de la baisse de productivité provoquée par cet intermède et se décida à intervenir.
Elle abandonna sa cliente hypnotisée par cet homme immobile, bizarre, avec une espèce d'excroissance sous le bras gauche.

Elle s'approcha d'Edmond et reçut de plein fouet le choc olfactif causé par l'excroissance, ce qui finit de la convaincre qu'Edmond n'était qu'une nuisance à évacuer d'urgence.

- Bonjour monsieur. Nous sommes un salon de coiffure pour dames exclusivement. Je suis désolée mais nous ne pouvons rien faire pour vous et je …
- Ça m'est égal, la coupa Edmond, sans aucun égard.

Il ne voulait pas être déplaisant avec la dame mais il était engourdi de fatigue et en oubliait les bonnes manières.

- Que voulez-vous, Monsieur ?
- Je voudrais le parapluie, le Roland Garros, le grand, celui qui est ocre et vert.
- Pardon ?

Edmond reprit, avec un brin d'irritation dans la voix :

- Je veux le parapluie, le grand, celui qui est ocre et vert.
- Je ne comprends pas. Pourquoi me parlez-vous de parapluie ?
- Ma cliente, qui est aussi votre cliente, l'a oublié ici.
- Quelle cliente ?
- Madame XX.

Un « Aaah ! » retentit dans tout le salon avec des gloussements et des sourires entendus. Et le bourdonnement suspendu reprit de plus belle.

- Madame XX ! Elle n'est pas ma cliente. Elle ne vient ici que pour faire la conversation et feuilleter les magazines gratuitement. On se passe très bien de sa personne. D'ailleurs, si cette dame est votre cliente, ayez l'obligeance de lui dire que sa présence n'est plus souhaitée, elle ne vient que pour raconter des méchancetés et créer la zizanie.
- Je ne suis pas venu pour jouer les messagers mais pour chercher son parapluie, le Roland Garros, celui qui est ocre et vert.

Edmond était au bout du rouleau, il tenait à peine debout.

– Vous êtes sûr que vous allez bien ? Vous êtes qui, au juste ?

– Je suis le détective privé engagé par Madame XX.

Elle en laissa presque tomber son fer à friser par terre.

– Vous êtes un détective privé engagé par Madame XX ?

– Oui. Je suis à la recherche de son parapluie.

– Elle a engagé un détective privé pour rechercher ce parapluie trop grand pour elle !

– C'est ça. C'est moi. Je m'appelle Edmond.

À nouveau le silence s'abattit sur le salon.

– Je n'ai pas son parapluie.

– Il doit être ici.

– Je vous dis que non !

– J'ai déjà fait le tour de tous les endroits où elle est allée ce jour-là , donc il doit être ici.

– Et comment savez-vous si elle ne l'a pas égaré ailleurs ?

– C'est elle qui me l'a dit.

Le salon éclata de rire.

– Cette dame est la méchanceté incarnée. Elle est menteuse et plus avaricieuse qu'un pou. Elle ne paye jamais ce qu'elle doit. Elle ne cherche qu'à semer le trouble partout où elle passe et vous lui faites confiance ? Vous êtes bien naïf.

Le salon reprit :

– Il est fou, c'est un idiot.

– Elle est pire que Madame YY, son espèce de meilleure ennemie !

– Ces deux-là ! Quelles pestes ! s'exclamèrent les dames en plein consensus.

– Madame comment ? demanda Edmond, mobilisant ses dernières ressources pour faire correctement son métier de détective privé.

– Madame YY, Monsieur *le détective*.

Edmond ne perçut pas l'ironie dans les paroles de la coiffeuse car il était concentré sur la lecture de son calepin.

- Mais oui ! Madame XX m'a signalé qu'elle était passée chez Madame YY en fin d'après-midi, ce jour-là. C'est ma dernière visite, ma dernière chance de retrouver le parapluie.
- Alors bon courage et au revoir, monsieur le détective privé !

Edmond sortit sans être jeté dehors.

Il attendit un peu mais le hurlement « Dehors ! » ne vint pas et la porte ne claqua pas derrière lui.

Il resta perplexe. Que se passait-il ici ?

Il réfléchit et parvint à faire un rapprochement assez osé. Il voulut immédiatement vérifier la pertinence de son hypothèse. Il entra à nouveau dans le salon de coiffure et demanda à la patronne interloquée :

- Excusez-moi, Madame, mais ne seriez-vous pas apparentée avec la gérante du magasin de prêt-à-porter afro-cubain, par hasard ?

La sexagénaire permanentée marqua un petit temps d'arrêt avant de répliquer :

- Non, Monsieur. Je suis de Rodez et Madame Maria Ramos vient de Cuba ou du Costa Rica ou quelque part par là-bas.
- Vous êtes sûre ?
- Oui, Monsieur.
- Ça me surprend parce qu'il existe des similitudes comportementales qui ne peuvent pas tromper un détective … *(il réprime un violent renvoi gastrique)* … je … je ne me sens pas bien, je vais être malade …
- Oh non, pas ici ! Ça suffit maintenant ! Sortez ! Dehors !

Et elle le poussa sur le trottoir et claqua la porte derrière lui.

Edmond en fut réconforté.

Edmond chez le diable qui ne s'habille pas en Prada

Edmond était au bout du rouleau mais il se devait de franchir la dernière étape.

Madame YY était chez elle. Edmond fut surpris de reconnaître en Madame YY la vieille dame qui parlait avec sa cliente lorsque cette aventure démarra.

– Entrez donc, Monsieur le détective, dit-elle. Comment avance votre enquête ?

– Vous êtes mon dernier espoir, Madame YY.

Madame YY eut une lippe de contentement. Elle allait peut-être réussir à tirer quelque chose de l'olibrius, finalement.

– Asseyez-vous, monsieur, nous allons causer tranquillement.

Edmond s'assit dans le canapé et, dans cette situation, ne sut que faire de ses tripes.

Madame YY vit son embarras et s'empara du paquet avec ravissement.

– Oh ! Des tripoux[11] ! C'est bien délicat de votre part. De nos jours, les jeunes gens ne savent plus faire de présents décents !

Elle s'extasia devant les tripes devenues tripoux sous l'effet de la chaleur corporelle d'Edmond et les emporta immédiatement dans sa cuisine. Edmond les vit disparaître sans qu'il eût le temps d'esquisser le moindre geste d'objection. Il se sentit orphelin de ses tripes, comme amputé d'un membre qui lui tenait chaud. Il se sentait encore plus vulnérable.

---

[11] Les tripoux sont un plat de ménage aveyronnais (Rouergue), du Cantal de la Lozère. Les tripoux sont préparés avec de la tripe de veau coupée. Leur cuisson se fait pendant plus de quatre heures.

Madame YY était ravie. Elle avait réussi à récupérer quelque chose et ce serait autant de moins pour Madame XX.

Elle se mit à parler, parler, parler. Elle n'arrêtait pas de parler mais Edmond n'avait plus l'énergie suffisante pour rester concentré sur ce papotage sans intérêt ni pour l'interrompre. Il n'entendait qu'un bruit de fond presque inaudible. Pourtant la petite vieille savait s'exprimer clairement et se faire entendre. Toutes ces mémés avaient un véritable talent oratoire et en abusaient.

Mais Edmond déclinait, déclinait, déclinait.

Il fit un ultime effort pour s'extirper de la torpeur qui l'anesthésiait tout doucement et demanda à Madame YY, sans aucun préliminaire, si elle avait le parapluie Roland Garros de Madame XX.

Madame YY fut indignée par cette question. Elle la trouvait trop directe, irrespectueuse des règles de l'art de la conversation observées par les gens bien éduqués.

Elle conserva son flegme et prit le parti d'ignorer cette inconséquence. Elle préférait jouer à fleuret moucheté. Elle répondit :

–   Vous savez, jeune homme. Ce parapluie n'appartenait pas tout à fait à Madame XX. Elle l'avait emprunté dans un centre de gériatrie où nous participions à un programme d'accompagnement des malades en phase terminale. Emprunter *sans* autorisation. Vous connaissez Madame XX !

Edmond ne réagit pas. Elle continua :

–   Une bien lourde tâche que ce programme d'accompagnement des malades, dit-elle en lâchant un soupir de compassion feinte au travers duquel transparaissait l'expression d'une gourmandise inassouvie.

Nous avions décidé avec Madame XX de nous engager dans ce programme pour aider nos prochains, nous qui avions encore une bonne santé et du temps.
–   C'est tout à votre honneur, dit Edmond poliment alors qu'il se foutait complètement des propos de la vieille dame.

Mais celle-ci avait un public captif et tout neuf, elle voulait en profiter.
–   En fait, c'est une idée de Madame XX et elle m'a entraînée dans cette aventure. Voilà comment elle m'avait présenté la chose :
        –   Vous savez, Madame YY, m'a-t-elle dit un jour, quand je suis à table avec des connaissances et que je m'ennuie, c'est-à-dire au bout de cinq minutes, je me distrais plaisamment en me demandant, après avoir regardé attentivement chacun des convives :
        Lequel d'entre eux sera le dernier à mourir ?
        Lequel d'entre eux va enterrer tous les autres ?
        Il y en a forcément un ou une !
–   C'est vrai qu'elle est fine observatrice des choses de la vie, cette Madame XX, dit Madame YY avec sincérité.
        –   ... et puis le temps passant, je me suis sentie frustrée par cette distraction car je n'avais jamais la réponse à mes interrogations.
        Alors j'ai modifié la manière de supporter la compagnie des raconteurs *de vacances à Quiberon mais qui projettent d'aller à La Ciotat l'année suivante ou à Pétaouchnock ...* *ou ... ou ...* pour ce que j'en ai à faire !
        Toujours est-il que maintenant je me pose les questions suivantes :
        Lequel d'entre eux sera le premier à mourir ?
        Lequel va être enterré par tous les autres ?

–   J'étais bien obligée d'être d'accord avec elle, c'était plus pertinent comme question. Madame XX a bien des défauts mais elle ne manque jamais d'idées pour trouver des distractions aux dépends des autres !

Et Madame YY pouffa avant de continuer.

–   Madame XX m'expliqua son plan :

>   –   Je fonde beaucoup d'espoir sur ce changement de questionnement pour voir mes pronostics, confirmés ou infirmés, dans des délais compatibles avec ma patience ou plutôt avec mon impatience !

–   C'est vrai qu'elle peut être drôle, cette Madame XX, dit Madame YY avec une pointe d'admiration.

>   –   ... en ce début d'année, j'ai pris une bonne résolution dont les objectifs vous siéront, très chère Madame YY, j'en suis convaincue. Il ne pourrait en être autrement pour une personne de votre qualité.

–   C'est vrai qu'elle s'exprime bien, dit Madame YY, avec une pointe de jalousie mal dissimulée.

>   –   ... hier, j'étais à table avec des gens et avant même la cinquième minute, je me barbais ferme. Je me suis donc mis à les regarder avec attention. Et avec commisération ... mais pour moi-même exclusivement !

–   C'est vrai qu'elle peut être cruelle, dit Madame YY avec un zeste d'affection vite refoulé.

>   –   ... et j'ai réalisé qu'au lieu de fréquenter ces individus, je ferais mieux de consacrer mon temps à aider des personnes en situation de détresse.

–   C'est vrai que, dans un premier temps, ça m'a surpris venant de sa part. J'étais même assez inquiète pour elle, dit Madame YY sincèrement.

–   … et j'ai décidé de me consacrer aux malades en phase terminale pour leur apporter un accompagnement, un réconfort. J'aimerais qu'une personne de confiance se joigne à moi et j'ai pensé à vous, chère Madame YY.

– C'est vrai que là, ça m'a fait un peu plaisir, dit Madame YY, en se remémorant le plaisir qu'elle avait ressenti et qui était beaucoup plus *qu'un peu.*

–   … et grâce à nos malades, nous pourrions pratiquer mon petit système de questionnement avec la possibilité de voir nos intuitions confirmées plus rapidement. Mais pas trop non plus sinon ça tuerait le suspens, si j'ose dire !

– Des fois, elle va un peu trop loin, dit Madame YY, avec une indignation qui sonnait faux.

–   … et puis j'ai toujours rêvé de jouer les maîtresses de cérémonie et d'annoncer, la voix brisée par l'émotion, « And the winner is … Pépé Lucien ! » Hihihihihihi !

– C'est vrai que là, elle allait beaucoup trop loin, dit Madame YY, en réprimant péniblement un fou rire à *la Madame XX.*

Nous avions même imaginé un petit jeu entre les patients et nous mais il ne fut pas apprécié par le personnel ni par les proches des malades. Comment c'était déjà ?

Ah oui ! Il fallait d'abord constituer deux équipes qui s'affrontaient et on leur donnait des noms comme :

Malades contre pas malades.

Station horizontale contre station verticale.

Cathéter contre Saint Nectaire.

Chimio contre Beaujo.

Médocs contre Médoc.

Mais celui-là, il n'y a pas grand monde qui l'a compris !

Et Madame YY partit d'un rire frais et spontané au souvenir de cette plaisanterie réservée à une petite élite dont sa consœur de jeu, Madame XX, et elle-même faisaient partie.

- Mais notre initiative fut jugée déplacée. Pourtant, le plus important n'est-il pas d'apporter de la joie, de l'animation à ceux qui n'en ont plus pour longtemps ?
Bref, nous avons été exclues toutes deux du programme.
(Soupir)
- C'est en quittant le centre, lors de notre dernière journée, que Madame XX a emprunté le parapluie dans la chambre d'un monsieur mal en point. Un dédommagement moral, en quelque sorte.

Edmond, hors du temps et de l'emprise oratoire de Madame YY, lui redemanda, aussi frontalement que la première fois, si elle avait le parapluie Roland Garros de Madame XX.
Madame YY en conçut un fort dépit. Elle venait de faire des confidences inédites et en plus, dans un style pas mal du tout, et ce détective de pacotille en revenait à cette question terre à terre.
- Je considère que ce parapluie ne lui appartient pas.
- Vous l'avez, ce parapluie ?
- Avoir ou ne pas avoir ... telle est la question ... minauda-t-elle.

Et elle se mit à sourire, ravie de son trait d'esprit.
Si Madame XX avait été présente, elle aurait apprécié cette réplique délicate à sa juste valeur.
L'effet sur Edmond, le privé exténué, fut nul.
Nouveau dépit pour la conférencière.
- Quel gâchis ! Quel con ! pensa-t-elle.

– Il me faut une réponse, Madame YY. Vous l'avez ou vous ne l'avez pas ?

C'en était trop.

– L'entretien est terminé, Monsieur.

– Comment ? Mais vous ne m'avez pas répondu.

– Je considère que je n'ai pas à traiter de cette matière avec des intermédiaires de votre niveau, je vous demande donc de vous retirer sur le champ, dit-elle sur le ton d'un chef d'état récusant un plénipotentiaire au pedigree insuffisant.

Elle était ravie de cette dernière sortie, tant pour le choix des mots que pour le ton que pour la gestuelle. Dommage qu'elle n'ait point eu un éventail à la main pour faire un geste de limogeage autoritaire et hautain.
Mais elle en était réduite à causer avec des baltringues qui offraient des tripoux enveloppés dans du papier journal.
Mon Dieu, quelle époque misérable !

Elle se leva et lui dit :
– Dites à votre employeuse que je ne souhaite plus entendre parler de cette affaire. J'ai d'autres sujets d'intérêt que ce parapluie Roland Garros avec lequel j'ai failli me casser la figure dans l'escalier ce matin ...

Un ange passa.

Merde ! Elle avait fait un parcours sans faute, jusque-là !
Une démonstration époustouflante de ses talents de conteuse, d'hypocrite madrée, de cynique assumée.
Et voilà qu'elle chutait dans la dernière ligne droite et que ce crétin de détective aux tripoux lui faisait avouer la vérité sur la toute fin de sa meilleure scène !

La scène de l'indignation d'une innocente qui plaide sa cause avec brio et renvoie le flicaillon d'opérette entre les griffes de son ignoble patronne.
Cette fois, c'en était vraiment trop. Et surtout, c'était trop injuste.
– Foutez-moi le camp, lui cria-t-elle.

Edmond accepta la proposition et prit la direction de la porte et, alors qu'il allait sortir, il vit un morceau de tissu qui dépassait d'un placard.
Un tissu ocre et vert.
Il ouvrit le placard, prit le parapluie Roland Garros et salua poliment Madame YY.
Et ce qui devait arriver arriva.
– Dehors ! hurla-t-elle. Dehors !
Et elle claqua la porte violemment derrière lui.

– Mission accomplie ! se dit Edmond.

Il sourit. Sa première affaire était un succès.
Il avait retrouvé le parapluie et découvert la vérité sur le parapluie.
Toute la vérité. Plus que sa cliente n'en souhaitait, certainement.
Intellectuellement et professionnellement, c'était un excellent résultat. Il était satisfait.
Malgré son état de délabrement, il profita pleinement de ce moment de grâce.

Edmond règle ses comptes

Edmond alla rendre compte de l'avancement de l'enquête à sa cliente, Madame XX.

Il était tard mais Edmond voulait conclure cette affaire le jour même, en professionnel qui bat le fer tant qu'il est encore chaud et surtout, tant qu'il était encore capable de tenir debout.

Elle était chez elle. Elle le fit entrer sans un mot de bienvenue.

Son instinct l'alerta qu'Edmond était en confiance, visiblement éreinté, mais en confiance. Cela ne lui inspirait rien de bon d'autant qu'il n'avait pas le parapluie.

Madame XX pressentait que son triomphe allait finir en eau de boudin.

Était-il possible que cet incompétent s'en tirât aussi facilement ?

Elle avait anticipé les désillusions de son détective, pas son succès.

– Alors, mon cher, avez-vous mené à bien la mission que je vous ai confiée ? Ne me décevez pas. Je ne fais que rarement l'honneur de confier une mission de cette importance à une personne peu qualifiée et sans aucune recommandation.

Elle essayait de l'impressionner par son verbiage et son culot, ses armes favorites.

– Oui. J'ai résolu l'affaire du parapluie que vous m'aviez confiée. Totalement résolue.

Elle encaissa la nouvelle sans laisser paraître son inquiétude.

– J'en suis fort aise. Dans ce cas, auriez-vous l'obligeance de m'expliquer pour quelle raison vous n'êtes pas venu avec *mon* parapluie ?

– Parce que ce n'est *pas votre* parapluie. Je n'ai aucune obligation de vous le rapporter.

Un silence. La plus révélatrice des manifestations du trouble chez ces vieilles dames.

– Mais de quoi je me mêle ! Je ne vous ai pas demandé d'enquêter sur le parapluie mais sur qui avait volé le parapluie.

– C'est *vous* qui avez volé le parapluie.

– Balivernes …

La vieille était au-delà du trouble. Cet imbécile savait donc tout et il avait l'outrecuidance de lui asséner cette vérité sans ménagement et chez elle, sa cliente. Quel butor !

Edmond la laissa mariner.

Sans cruauté aucune. Il était ailleurs, déjà loin de ce quartier qui lui avait réservé tant de rencontres délicates.

Madame XX contre-attaqua :

– Je comprends que vous avez été berné par les billevesées colportées par les maldisants qui hantent ce quartier et que vous n'avez pas été capable de séparer le bon grain de l'ivraie. Évidemment, mon pauvre ami, vous n'avez pas l'étoffe d'un vrai détective privé.

– Vous avez volé le parapluie à un grabataire. Je ne vous juge pas mais je ne suis pas sûr que je me devais de vous le rapporter.

Elle s'énerva :

– Je suis votre cliente et vous devez me rendre des comptes sur l'affaire et pas me faire des leçons de morale. Au moins, moi, j'en avais l'usage de ce parapluie alors que le mourant ...

Edmond en était sûr maintenant, ces deux vieilles dames étaient bien des clones.

Même dans la gaffe finale, elles ne pouvaient pas se distinguer l'une de l'autre.

Madame XX était folle de rage. Elle fit un effort surhumain pour ne pas le montrer à son nouvel adversaire.
- C'est Madame YY, qui vous a raconté tout ça, n'est-ce pas ? Allez, dites-moi tout !
- Oui. C'est elle, dit-il sans chercher à protéger ses sources d'information.
- Elle me veut du mal depuis si longtemps. Elle me jalouse parce que je la domine toujours dans nos conversations, j'ai plus d'information qu'elle, j'ai plus d'influence sur le quartier. Je vais devoir rompre avec cette malhonnête au plus tôt.
- Vous ne devriez pas. Vous n'êtes pas très populaire dans les parages et madame YY est ce qu'on peut trouver de plus proche de vous.

Edmond s'exprimait comme un paléontologue qui chercherait à rapprocher deux espèces de fossiles dans l'arbre de l'évolution. Sans aucune mauvaise intention.
- Je ne serais pas populaire ! Evidemment ! Vous croyez que des gens de mon niveau ambitionnent de faire amis-amis avec le menu fretin de ce quartier ?

Madame XX prit des airs de comploteuse machiavélique :
- Le plus important, c'est que cette voleuse ne s'affiche pas en public avec mon parapluie. Ce serait un affront personnel. Elle voudrait prendre ma place mais elle n'a pas l'envergure pour gérer les rumeurs dans tout le quartier, ça fait des années qu'elle me singe et elle croit que son heure de gloire est arrivée mais je vais la broyer.

Un silence pendant lequel madame XX broyait virtuellement Madame YY.

– Vous auriez dû me ramener mon parapluie et ne me dites pas qu'il appartiendrait à un malade sur son lit de souffrances. La mièvrerie et la sensiblerie n'ont aucun effet sur moi. Est-ce qu'on reproche à Napoléon d'avoir ramené l'Obélisque à Paris ?

Edmond ne répondit pas. Il rêvait de s'évader des petits appartements parfumés aux choux-fleurs, régentés par des despotes en jupons et gilets tricotés mains.
– Vous devez récupérer mon parapluie chez Madame YY avant demain matin. C'est un ordre. Vous comprenez ? Vous devez aller jusqu'au bout de la mission que je vous ai confiée et pour laquelle je vous paie et ...

Elle se tut. Encore une gaffe.
Edmond se leva, ne réclama pas son dû.
Il la salua sobrement et sortit.

Comme il le pressentait, la vieille dame passa par les trois phases qui sont la marque de fabrique des habitants du quartier.
Elle resta coite.
Elle hurla « Dehors ! »
Elle claqua violemment la porte derrière lui.

Edmond sortit de l'immeuble et se sentit enfin libre d'aller où il voulait et par le chemin qu'il voulait.
Il voulait quitter le quartier et décida de prendre le chemin le plus court.

Edmond va au-delà de la vérité

Edmond, après une nuit de sommeil, décida de poursuivre cette affaire jusqu'à son terme. Et le terme de cette histoire consistait à retrouver le véritable propriétaire du parapluie et à le lui restituer. Il s'imposait un succès total, professionnel et moral.

Il savait, grâce aux informations de Madame YY, dans quel hôpital et à quelle date le vol avait été commis. Ce devrait être facile pour un professionnel de l'investigation de retrouver le vrai propriétaire.

Edmond se présenta à l'accueil du centre gériatrique et expliqua qu'il recherchait un patient qui était hospitalisé il y a six mois et auquel il voulait rapporter un parapluie.
Et il montra le parapluie.
La jeune femme de la réception regarda le parapluie puis regarda Edmond puis regarda ailleurs. En fait, elle ne regardait nulle part. Trop désemparée.
Elle devait accueillir de nombreuses familles avec le moral au plus bas étant donné le taux de mortalité élevé dans leurs services. Si en plus elle devait prendre en charge des individus qui se préoccupaient du sort des parapluies …

Finalement, elle s'en débarrassa en lui conseillant de mettre une annonce sur le tableau d'affichage dans le hall d'entrée.
Edmond s'exécuta. Il laissa son téléphone et la description du parapluie sur le tableau.

Le lendemain, il avait six messages sur sa messagerie vocale pour réclamer le parapluie du pépé Raymond ou de la tata Lucette ou du vieux cousin Édouard …
– Merde ! Je vais encore devoir enquêter.

Edmond était désabusé mais il ne voulait pas se laisser décourager par des individus prêts à utiliser un membre de leur famille, mort ou en voie de l'être, pour récupérer un parapluie.

Que devait-il faire ?

Les rencontrer un par un ?

Les réunir en groupe et voir ce qu'il en sortirait ?

Bazarder le parapluie ?

Le casser en autant de morceaux que de prétendants et jouer au Roi Salomon. Une baleine pour le monsieur, le manche pour la jeune fille, un bout de tissu ocre et vert pour la petite dame ...

La nature humaine lui causait bien du tracas.

Il allait devoir se forger une carapace s'il voulait persévérer dans cette branche car il serait souvent amené à affronter ce type de situation peu ragoûtante.

Il raisonna en détective privé rigoureux.

Il devait obtenir la liste des patients hospitalisés le jour du vol et toujours présents.

Cela éliminerait tous les nouveaux arrivés et surtout leurs familles en mal de jolis parapluies.

Cela éliminerait les décédés, éliminés d'eux mêmes, et tant pis pour leurs héritiers.

Il fallait juste espérer que le vrai propriétaire fut encore présent.

Il avait imaginé deux stratégies.

La première consistait à entrer dans les chambres et à exhiber le parapluie sous les yeux des patients, sans un mot, et à observer leurs réactions.

Cette solution présentait l'avantage d'éliminer les intermédiaires et ne laissait pas aux profiteurs, même très malins, le temps de comprendre et de retourner la situation en leur faveur.

D'un autre côté, montrer un parapluie à des personnes qui ne sortiront plus jamais sous la pluie était un peu cynique.
Il décida de mettre cette solution de côté.

La seconde était la classique confrontation de groupe.
Comme la pratiquent les Hercule Poirot et les Sherlock Holmes quand ces détectives réunissent tous les protagonistes dans la grande scène finale et commencent par les disculper un par un (prenant à chaque fois le lecteur à contre-pied) jusqu'à arriver au dernier, le coupable (et tout d'un coup, le lecteur se rappelle qu'il s'en était douté, depuis le début, au fond de lui).
Cela lui parut être la meilleure solution.

Il répondit à toutes les personnes qui avaient revendiqué le parapluie et leur fixa un rendez-vous collectif.
Tous des menteurs de petites envergures sauf un.
Ou tous des menteurs, peut-être.

Il devait préparer minutieusement la confrontation.
Comme l'auraient fait Hercule et Sherlock, ses deux éminents confrères.

Edmond fait des retrouvailles

Edmond avait fixé le rendez-vous dans une arrière salle d'un bistrot tranquille, à deux pas du centre de gériatrie.
Cinq personnes se présentèrent.
Deux inconnus, qu'il n'est même pas nécessaire de présenter.
Madame Robert, en fauteuil roulant, sans son pied gauche.
Madame YY.
Madame XX.
L'ambiance était glaciale.
Edmond était glacé.

D'effroi, d'abord.
Car il n'avait jamais vu les trois vieilles dames ensemble, les trois clones, les triplées.
L'armada insubmersible de la médisance et de l'anti-mansuétude.

D'admiration, ensuite.
Car elles avaient toutes les trois obtenu l'information très rapidement et certainement pas par une entraide mutuelle.
Nul doute qu'il avait à faire à la crème du renseignement.

Les trois petites dames étaient assises sur une banquette, côte à côte, à touche-touche.
Les deux inconnus étaient assis en face d'elles.
Encore un combat très déséquilibré, d'autant que les trois mémés avaient décidé de jouer collectif dans la première manche.
Elles torpillèrent les deux inconnus du regard, inconnus qui se sentirent très mal à l'aise avant même d'avoir prononcé un mot. Il était évident qu'ils n'étaient pas très convaincus de la légitimité de leurs propres démarches.

Mathématiquement, il y avait au moins un tricheur parmi les deux.

En face d'eux, il y avait trois tricheuses, trois sur trois. Les trois étaient des tricheuses assumées et amenaient cette pratique au niveau de l'art, du professionnalisme, du sacerdoce.

Elles se retrouvaient qualifiées, en quelque sorte, en demi-finale d'un tournoi du grand chelem, leur tournoi du grand chelem, leur Roland Garros. Et les deux paltoquets d'en face n'auraient pas l'occasion de sauver une seule balle de match[12].

Edmond prit les deux inconnus en pitié. Il préféra les éliminer lui-même plutôt que de les voir souffrir comme de minuscules souris entre les pattes de chatons qui passeraient de longues minutes à les mordre, à les relâcher, à les projeter dans les airs, à attendre un mouvement des minuscules victimes pour recommencer encore et encore.

Avec les trois mémés dans le rôle des chatons.

Des chatons que personne n'avait envie de caresser.

Edmond sortit le parapluie et demanda si les personnes présentes le reconnaissaient.

Les deux inconnus à la dérive se lancèrent les premiers.

– Oui, oui, je le reconnais.

– Oui, c'est celui de mon Pépé.

Les trois vieilles dames ne cillèrent pas. Elles se sentaient humiliées d'avoir à affronter ces deux minus.

Elles laissèrent Edmond opérer et Edmond opéra.

Il amputa le groupe des deux membres superfétatoires.

---

[12] Cette comparaison n'est pas la meilleure car elles s'identifiaient davantage à « l'Etrangleur fou de la Villette », le célèbre catcheur de leur jeunesse, qu'à Roger Fédérer, l'amoureux du revers lifté en short blanc.

- Messieurs, ce parapluie n'est pas le parapluie que j'ai partiellement décrit dans mon annonce. Je crains que vous ne vous soyez déplacés pour rien.

Les deux messieurs restèrent pantois sous les regards indescriptiblement méprisants des trois petites dames. Ils ressemblaient à deux chiards péteux pris en flagrant délit de ... de peu importe quoi. Ils partirent sans rien bredouiller, quasiment sans plus exister, comme deux hologrammes qui s'effacent dans le vide.

Les trois vieilles dames éprouvèrent une fraction de seconde un peu de considération pour Edmond qui avait été assez habile pour dégager ces deux scories humaines du paysage.

Edmond éprouva une fraction de seconde un peu de satisfaction professionnelle pour avoir, grâce à un stratagème ingénieux, éliminé deux tricheurs du groupe.

Il pensa à Hercule et à Sherlock. Très modestement, mais il y pensa quand même.

La situation était la suivante : il avait éliminé deux tricheurs d'un groupe de cinq et il lui restait trois tricheuses.

Edmond fit face aux trois vieilles dames, assises côte à côte.

Pas une ride de leurs visages ne tressaillait.

Elles étaient impassibles et parallèles.

Marmoréennes.

Quasiment des siamoises, plus que des triplées, exactement les mêmes.

Juste une qui avait un pied en moins.

Edmond fut ému, sincèrement ému par ce spectacle.

Edmond nage dans l'émotion

Edmond était ému.
Si les trois dames éprouvèrent le même sentiment que lui, elles avaient trop de pudeur pour l'afficher.
Un silence s'installa.
Edmond, qui n'aimait pas les silences, se trouva dans l'embarras.
–   Que faisons-nous ? demanda-t-il en désespoir de cause.

Les trois petites vieilles ne bronchèrent pas.
Regards fixés sur Edmond, bouches serrées, respiration ventrale en action mais au minimum, elles étaient dans une situation d'attente stratégique.
La « Drôle de guerre [13]» aurait-on dit en 1940, l'année de leurs quinze ans.

–   Comment étaient-elles à quinze ans ? se demanda Edmond.
    Se connaissaient-elles ?
    Avaient-elles vécu dans le quartier toutes leurs vies ?
    Avaient-elles au moins de bons souvenirs ?
    Séparément ou en commun ?
    Y avait-il une personne ou deux qui les avaient appréciées, au moins une fois ?
    Au moins l'une d'entre elles ?
Edmond, le détective à la pensée erratique, exprima à haute voix ses pérégrinations mentales. Il leur demanda tout de go :
–   Vous connaissiez-vous lorsque vous aviez quinze ans ?

---

[13] Période de grand calme entre les armées alliées et l'armée allemande entre le 3 septembre 1939 et le10 mai 1940 avant l'invasion de la France par l'Allemagne.

Les trois vieilles dames ne bronchèrent pas.

Mais ce n'était plus seulement du contrôle de soi, elles semblaient s'être raidies intérieurement.

Edmond ne perçut pas cette subtile évolution dans l'immobilité parfaite des trois dames.

Et balourdement, il continua :

–   Après tout, vous auriez pu être des amies d'enfance ? Aller à l'école ensemble ? Vous avez presque le même âge, vous vivez depuis très longtemps dans ce quartier, depuis toujours peut-être ... et donc ...

Il s'enferrait :

–   Après tout, c'eût été possible ... Non ?

Silence et immobilité.

Rien n'évoluait, sauf les regards, un peu moins durs, peut-être.

–   Mais cela ne me regarde pas. Nous sommes réunis pour conclure cette histoire de parapluie, pas pour parler de vos passés qui le mériteraient certainement si nous avions le temps mais malheureusement nous devons avancer, n'est-ce pas ? Sinon, nous allons perdre ... beaucoup de temps et ...

Il s'enlisait :

–   Et vous n'avez pas que ça à faire et ... par conséquent ... je pense que ...

–   Arrêtez vos élucubrations verbeuses.

Cette remarque fusa comme un carreau d'arbalète.

Si soudaine et si sèche qu'Edmond fut incapable de repérer celle qui l'avait prononcée.

Elles avaient la même voix.

Et toutes trois étaient à nouveau impassibles.

Avait-il réellement entendu cette phrase ?

–   Hein ? ne trouva-t-il rien de plus pertinent à dire.

Le silence s'était réinstallé.
Les trois vieilles dames avaient toujours le regard fixe mais plus fixé sur Edmond.
Au-delà d'Edmond. Bien au-delà de l'instant présent.
Imperceptiblement, l'embarras changea de camp.
Et la couleur de leurs yeux prit le pas sur la dureté de leurs yeux.
Edmond, sans s'en rendre compte, s'en rendit compte :
–   Tiens, je n'avais pas remarqué qu'elles avaient toutes les yeux bleus. Et bien jolis, ma foi.

Personne ne savait trop quoi faire.
Silence et immobilité.

–   Prends-le, Suzanne.
Un claquement de fouet dans le silence.
Edmond avait bien entendu cette fois, il en était sûr, il avait bien entendu.
C'était Madame Robert qui avait parlé.
–   Il te revient de droit, finalement.

Edmond était perdu.
Elles étaient toujours côte à côte et parallèles. Plus semblables que jamais.

–   Oui, prends-le, dit Madame YY.
Et elles se tutoyaient.

Edmond était bouleversé, il perdait ses repères et son équilibre. Il mit les mains à plat sur la table du bistrot pour stabiliser sa position verticale.
Que se passait-il ici ?

Il paniquait. Il les voyait côte à côte qui se parlaient presque gentiment.

Leurs voix étaient plus douces.

-   C'est impossible, je rêve ! se dit Edmond.
-   C'est impossible, leur dit-il. Vous vous détestez, vous ne cherchez qu'à vous nuire et puis maintenant c'est « Embrassons-nous Folleville » !

La réplique ne se fit pas attendre, cinglante et bouleversifiante.

-   Nous avons le droit de discuter entre sœurs.

Edmond dut s'asseoir. Il était blanc comme un linge, la bouche béante, les yeux exorbités.

Impossible d'imaginer un visage exprimant plus clairement l'ahurissement.

À nouveau le silence.

Edmond récupéra :

-   Vous ... vous êtes sœurs ?

L'une des trois consentit charitablement à lui répondre :

-   Oui.
-   Mais vous êtes Madame Robert, Madame XX et Madame YY.
-   Nous sommes veuves, lâcha la même qui commençait à manifester de l'exaspération à devoir être aussi charitable.

Edmond les fixait à son tour et supportait leurs trois regards farouches.

Il ne savait plus s'il regardait trois petites vieilles ou trois grosses mouches épinglées sur un cahier d'entomologiste car la perception de la réalité lui échappait comme lorsqu'une fringale vous allège l'esprit et que tout tourne autour de vous.

Par contre, les trois mouches, en face de lui, avaient les pattes en plein dans la réalité.

C'était leur force, à elles, d'être plus que totalement dans la réalité.

Elles n'en sortaient jamais, ne lâchaient jamais prise.

C'était leur faiblesse aussi.

La réalité les avait rendues dures et elles ne savaient pas comment en sortir.

Edmond, non plus, ne savait pas comment en sortir.

Ses yeux se posèrent sur le parapluie, le vrai, le Roland Garros, le vert et ocre d'un mètre de haut.

Il le prit, le déposa avec précaution au milieu de la table comme il l'aurait fait d'une relique.

Les trois paires d'yeux se posèrent dessus.

À nouveau le silence.

–   On vous a dit qu'il revenait à Suzanne, dit Madame YY sèchement.

Edmond obtempéra.

Il prit le parapluie, le mit à l'horizontale sur les paumes de ses mains tournées vers le ciel, les bras tendus en avant, comme s'il portait l'épée d'un chevalier avant son adoubement et il s'approcha de Suzanne.

Oh pardon ! De Madame XX, bien sûr.

Face à la récipiendaire, il bascula le parapluie délicatement à la verticale, le tint devant Madame XX qui leva la main *juste* assez pour qu'Edmond puisse y glisser le pommeau.

Respectueusement, il se retira.

Lentement, à reculons, renforçant la solennité de la scène.

Madame XX ne trahit aucune émotion mais mémorisa tout, milliseconde par milliseconde.

Un Louis XIV vêtu d'hermine blanche n'aurait rien trouvé à redire au comportement de Madame XX.

Le port de tête altier, l'expression sévère, l'autorité naturelle qu'elle dégageait auraient parfaitement pu convenir à une souveraine.

Le tableau qu'Edmond avait devant lui avait légèrement évolué.

Les trois vieilles dames étaient toujours immobiles et impassibles, à la perfection, mais l'une d'elles avait changé de statut. Celle du milieu, Madame XX.

C'est dans l'ordre des choses. Il faut une hiérarchie à partir de deux et un truc pour distinguer celui ou celle qui est au-dessus du lot : un globe terrestre, un sabre, un goupillon, la tête tranchée d'un ennemi, une couronne, un sac Vuitton, un anneau dans le nez, un titre ronflant, un uniforme, les clefs de la bagnole …

Alors pourquoi pas un parapluie Roland Garros ?

Ce n'est pas plus con que les autres babioles précédemment citées, et si cela suffit pour obtenir l'effet escompté sur la population convoitée, alors pourquoi pas un parapluie Roland Garros ?

À chacun son bâton de maréchal.

À chacun son Graal.

À chacun sa breloque, quel qu'en soit le métal.

Madame XX avait retrouvé la sienne. Elle n'en avait jamais douté, ce qui est la marque des vrais chefs, ceux qui veulent et qui prennent.

Madame XX pouvait retourner dignement dans son fief.

Elle avait reconquis son autorité et les signes extérieurs de son autorité.

Elle se leva la première.

Puis Madame YY, doucement, fibromes obligent.

Madame XX commença à marcher seule vers la porte, sans regarder derrière elle.

Derrière elle, il y avait Madame YY qui se mit à pousser le fauteuil roulant de Madame Robert.

Hiérarchie et répartition des rôles, deux incontournables à partir de deux.

A partir de trois, il faut un organigramme.

Parvenue à la porte, Madame XX s'arrêta, se retourna lentement, regarda Edmond droit dans les yeux et lui dit avec amabilité, du moins ce qu'elle estimait être de l'amabilité à l'aune de sa modeste expérience dans cette pratique :

– Merci, Monsieur le détective.

Une récompense qu'elle jugea suffisante pour un tel individu, même si elle devait reconnaître, intérieurement, que cet empoté avait non seulement rempli sa tâche mais qu'il avait été au-delà, à sa très grande satisfaction.

Ces dernières minutes l'avaient émue et la mise en scène avait été à la hauteur.

Néanmoins, elle ne reconnut les mérites d'Edmond qu'intérieurement car elle avait un mal fou à verbaliser du positif pour autrui.

Mais aussitôt la porte du bistrot franchie, il serait inutile et inopportun pour lui de réapparaître dans leurs vies.

Les vrais chefs se débarrassent des objets encombrants et non réutilisables.

Il faut voyager léger pour voyager loin.

Et elle comptait bien continuer le voyage.

Comme tout chef, elle faisait comme si elle savait où elle allait.

Assez bien pour convaincre ses troupes de la suivre.

Elle sortit suivie de ses deux sœurs.

Edmond épilogue

Edmond sourit.
C'était la première fois depuis vingt-cinq ans que les trois
sœurs se trouvaient réunies.
Et par la magie d'un parapluie.

Pourquoi si longtemps ?
Edmond n'en savait rien et se jura de ne jamais chercher à
savoir pourquoi.
Il ne sortirait pas indemne d'une enquête face à ce trio.
Sa mission était terminée.

Et ainsi fut résolue l'affaire du parapluie.
L'affaire du parapluie Roland Garros.
L'affaire du parapluie magique.

Edmond se ragaillardit

Edmond ne retourna jamais dans ce quartier.

Il avait faim et avait envie de viande rouge, de patates sautées, de vin et de tarte tatin.
Il mangea tout et se sentit bien.
–   On dirait que je me sens bien, se dit-il, incrédule.

Il fronça les sourcils et conclut :
–   Mais oui, on dirait vraiment que je me sens bien.

Il regarda autour de lui, dans ce restaurant, les autres humains qui mangeaient, buvaient, causaient, riaient, se mettaient discrètement un doigt dans une narine, mine de rien …

Il sourit.
Avec un sentiment de déjà vécu.

Et ainsi se ragaillardit Edmond.
Edmond, le détective privé.

La psychologie de l'ascenseur

Edmond culpabilise à outrance

L'ivrogne envoya son poing dans la figure d'Edmond. Sans raison apparente.

Mais c'était un ivrogne et Edmond était présent, donc il n'aurait pas été impossible, pour Edmond, de prévoir que l'ivrogne lui enverrait son poing dans la figure.

- Bizarre, s'étonna Edmond en se relevant, ce n'est pas un endroit pour mettre son poing. Je ne sais pas s'il en a conscience mais ça peut faire très mal et je ne peux même pas le lui dire, j'ai la mâchoire bloquée. J'espère qu'elle n'est pas cassée. J'espère que lui, au moins, ne s'est pas blessé. Un seul à souffrir suffit.

Il regarda autour de lui.

- Mais où est-il parti ?

S'il va porter plainte, je ne vais pas endosser la responsabilité de sa maladresse, ce n'est pas de ma faute. En tout cas, pas que de ma faute.

D'un autre côté, c'était mon menton ... si je l'avais mis ailleurs ou si j'avais été capable d'esquiver, je n'aurais pas pris son poing dans la figure et il ne se serait pas blessé à la main. Ça peut faire très mal à quelqu'un, un coup de menton ... mais je n'ai même pas conscience du danger que je représente. Quel inconséquent je fais. Serait-ce de ma faute alors ?

Edmond se rappelait les conversations qu'il tenait régulièrement avec son psy sur le sentiment de culpabilité.

- Monsieur Edmond, arrêtez de culpabiliser sur tout et n'importe quoi. Quand une vieille dame met le pied dans une crotte de chien, vous n'avez pas à vous sentir responsable sous prétexte que vous étiez à proximité.

- Je me dis que j'aurais pu éviter ça si j'avais été plus observateur, plus réactif. J'aurais pu la prévenir ... j'aurais même dû ...
- Mais non.
- J'ai de meilleurs réflexes que les vieilles dames, si je savais anticiper, je pourrais éviter ça.
- Je vous assure que vous n'êtes pas responsable, Monsieur Edmond.
- J'aimerais tellement vous croire, Docteur. Mais si je prenais davantage conscience des autres, si j'étais plus attentif à ce qui m'entoure ... les crottes de chiens ... les vieilles dames ... mon menton ...
- Arrêtez de vous tourmenter pour des actes dont vous n'êtes pas l'auteur, tout au plus un vague témoin.
- Je n'en suis pas aussi sûr que vous parce que je pourrais être plus vigilant ...
- Je vous dis que vous n'êtes pas responsable.
- Mais si je pouvais ...
- Parfois, je me demande si vous n'êtes pas un peu présomptueux en croyant être responsable de tout et donc d'avoir une influence sur tout, en particulier sur les événements négatifs. Je peux vous rassurer : vous n'êtes pas responsable de tout ce qui va mal !
- Mais un peu, forcément ...
- Je vous ai déjà expliqué que vous n'êtes pas *forcément* la cause des problèmes des autres.
- Mais ... quand même.
- Rappelez-vous ce que je vous ai dit au cours de notre dernière séance. Vous devez pouvoir être confronté à des incidents, des dysfonctionnements sans imaginer que vous soyez ...
- Oui, je comprends ce que vous voulez dire mais ...
- Alors laissez-moi vous convaincre, encore une fois, que vous n'êtes pas responsable ...
- Mais si, mais si ...

-   Ah ! Vous m'énervez à la fin, vous n'écoutez jamais rien ! C'est toujours pareil avec vous, toujours.

S'ensuivit un petit silence gêné.
-   Je suis désolé de vous avoir énervé, encore une fois, Docteur.
-   Non, c'est moi. Je vous prie d'accepter mes excuses pour cet écart de langage, Monsieur Edmond. C'est moi qui devrais être en mesure de me contrôler.
-   Vous êtes trop indulgent, Docteur. Je suis navré que vous soyez amené à vous excuser parce que vous êtes désolé de m'avoir dit que je vous énervais alors qu'en fait c'est moi qui devrais veiller à ne pas vous énerver …
-   Mais non, ça ne fonctionne pas comme ça dans la relation entre un thérapeute et son patient …
-   Mais si.
-   Mais non ! Monsieur Edmond, je dois vous dire que ...
-   Non, non. C'est moi qui m'excuse, j'insiste.
-   Mais écoutez-moi. Je tiens à vous dire que ...
-   J'assume toute la responsabilité, c'est de ma faute, ma très grande faute.
-   Bien. On va arrêtez pour aujourd'hui parce que nous tournons en rond.
-   Je suis désolé de vous faire tourner en rond, Docteur.
-   Je suis votre thérapeute, je vais vous aider à progresser dans votre …
-   C'est gentil de vous donner tant de mal pour me faire progresser mais si je ne progresse pas comme vous le souhaiteriez … j'en suis le seul responsable, c'est de ma faute.
-   Du calme, Monsieur Edmond, du calme. C'est mon métier de vous aider à ...
-   Et ça me gêne de vous contrarier dans votre métier ...
-   Mais arrêtez d'être gêné sans arrêt !

- Je sens que je vous déçois, je ne suis pas assez ... ou trop ... enfin pas comme il faudrait que je sois pour être comme vous pensez que je devrais être étant donné les efforts que vous faites pour moi depuis si longtemps ...
- Du calme, du calme.
- Je ne suis pas à la hauteur de vos compétences, Docteur.
- Stop Stop ! Nous n'arriverons à rien dans votre état, mieux vaut arrêter la séance. Vous pouvez partir.
  Je voulais dire ... à la semaine prochaine, comme d'habitude, Monsieur Edmond. Je vous raccompagne. Essayez de ne pas vous faire trop de ... Soyez davantage en ... et ... Mais c'est très bien de verbaliser votre ressenti, vos troubles, vos doutes sur un peu tout et n'importe quoi ... Je veux dire ... surtout ... Ne soyez pas comme vous êtes ... Enfin pas autant ou alors pas comme ça ... On en reparle la prochaine fois. Au revoir et surtout ... surtout …
  A mardi.

Le patient sortit, accablé, consterné. Essentiellement pour son thérapeute qu'il avait encore contrarié.

Le thérapeute était nerveusement entamé. Il s'adossa à la porte d'entrée pour récupérer et pratiqua la respiration ventrale. Ce patient lui faisait perdre tous ses moyens et le stressait à l'extrême.
Cet étrange patient. Cet étrange Monsieur Edmond.

L'étrange Monsieur Edmond poursuivait la séance en solitaire.

- Il avait l'air dépité. Après un an et demi de thérapie, je comprends ses réactions. Quand le patient ne progresse pas comme il devrait, le thérapeute doit en souffrir.

Quel boulet je suis. Je trimballe mes problèmes partout avec moi et j'empoisonne les autres avec … mais je n'en fais pas exprès, je le jure.

Évidemment, ce n'est pas un argument recevable, ce serait trop facile de s'en tirer avec une formule aussi simple, aussi je tiens à vous présenter mes excuses et j'espère que …

- Eh merde ! Qu'est-ce que je raconte, je suis tout seul. Ça va trop loin, il faut que je réagisse avant de faire des bêtises. Mais quel boulet je suis.

- D'accord, ce n'est pas toujours de ma faute, il a raison. Mais des fois, quand même, c'est de ma faute et d'autres fois ce n'est pas sûr, mais ce n'est pas impossible que ce soit de ma faute, pas impossible du tout.

- Je n'ose plus trop lui en parler parce que ça le contrarie. Et s'il sent que je suis gêné de l'avoir contrarié alors il bout intérieurement et il devient tout cramoisi. Je l'ai bien vu, l'autre jour, dans le miroir qui se reflétait dans la porte-fenêtre de sa grande bibliothèque qui était restée ouverte. Il ne se doutait pas du jeu de reflets. Il ne s'est probablement jamais allongé sur son divan ou alors il a essayé mais comme il n'était pas dans son fauteuil, il n'a pas pu constater qu'on pouvait le voir ou alors la porte-fenêtre de sa bibliothèque était fermée ou pas ouverte aussi grandement ou alors ça dépend de la lumière dans la pièce ... ou de tout ça en même temps, probablement de tout ça … ou ça dépend de la position de la personne et de sa taille ... Quel con ! Je me noie encore dans ces détails sans intérêt qui me font perdre le fil de ma pensée dès que j'essaye de me concentrer.

En tout cas, j'ai bien vu qu'il était tout rouge, ce jour-là, et que son visage exprimait une grande contrariété.
- Ça ne pouvait être qu'à cause de moi. Oui, cette fois-là, c'était à cause de moi, forcément.

- Heureusement, j'anticipe de mieux en mieux ses réactions.
J'ai bien cerné sa personnalité depuis le temps qu'on se rencontre et je sais à peu près comment faire pour qu'il soit satisfait et à l'aise pendant les séances. J'espère que ça lui permet de prendre confiance en lui. C'est important qu'il prenne confiance en lui en tant que thérapeute et en tant qu'homme … pour sa carrière, pour ses patients, pour ses proches, pour son épanouissement personnel.
Ce n'est pas parce que je paye que j'ai le droit de le faire douter. Surtout que je vois bien qu'il a besoin d'être aidé.

- Ce qu'il faut, c'est qu'il soit content de moi et qu'il me garde. Si je devais changer de thérapeute, il faudrait tout recommencer, et surtout, expliquer au nouveau pourquoi l'autre m'a laissé tomber et il pourrait croire que c'est de ma faute …

- Je n'en peux plus, mes pensées tournent en rond comme un hamster dans sa roue. Elles m'épuisent et ne mènent jamais nulle part.

Edmond s'irrite contre son psy

Edmond fit une pause, beaucoup trop arrosée, comme il commençait à en prendre fâcheusement l'habitude. L'alcool le rendait morbide et amer.

-   Je suis coincé.

    Sans psy, je ne m'en sors pas.

    Avec un psy, je ne m'en sors pas.

    Sans psy, avec psy … Quelle différence ?

    Si je fais le bilan, après toutes ces séances, je me demande si ça m'a servi à quelque chose, si ce n'est pas ça qui m'enfonce … ou qui me fait végéter entre deux eaux.

    Ils finissent par me casser les pieds avec toutes leurs simagrées.

Il s'irrite tout seul, en causant.

-   Je me demande ce qui se passerait si j'arrêtais.

    Ou si je leur balançais ce que je pense d'eux en pleine figure, direct.

    Ou si j'en frappais un … physiquement.

    Ou si j'en détruisais un, pour de bon, complètement, pour voir.

    Juste un, juste pour voir. Pour voir si je culpabiliserais comme d'habitude ou si je sortirais une bonne bouteille pour fêter ma libération psychologique, ou plutôt, ma libération de la logique des psys … Oui, j'aimerais bien savoir.

Il s'envoie deux petits verres. Il se concentre.

-   Mais il ne faudrait pas me faire prendre sinon les juges m'enverraient droit chez un de leurs psys pour évaluer mon niveau de responsabilité et ce serait un comble si ces cons-là me jugeaient responsable, alors que moi, je ne me sentirais plus responsable.

Pour que les psys réussissent à ne plus me faire sentir responsable, il faudrait qu'ils me jugent responsable !

C'est bien la preuve que ce sont eux qui me font faire des nœuds dans la tête.

Il se radoucit un peu.

- Il faudrait que j'évite cette engeance pour ne pas replonger dans ces excès qui m'ont coûté si cher. Déjà, rien que la facture ! Et je n'ai jamais protesté ou négocié. Pas une remarque, pas un froncement de sourcils. J'ai toujours payé recta, la soumission totale. Le résultat d'une éducation de pauvre consentant : il ne faut pas se plaindre, il ne faut pas réclamer, il ne faut pas envier, il faut juste se sentir vaguement responsable de sa situation.

  Eh bien moi, je ne me sens pas vaguement responsable, je suis une tempête, un cyclone, un ouragan, un tsunami de culpabilité !

  Pauvre et con et responsable de tout ce qui déconne à portée de vue.

  Tout et tout le temps, vingt-quatre heures sur vingt-quatre, tous les jours, les samedis et les dimanches compris. Surtout les dimanches, l'oisiveté me laisse plus de temps pour culpabiliser plein pot.

Il s'emballe.

- Je suis un cas totalement dépourvu d'intérêt, sauf pour mon psy qui a une résidence secondaire en Normandie dont il doit refaire la toiture.

  Un cas sans intérêt mais gentiment rentable, le brave petit monsieur Edmond.

- J'aimerais bien aller lui fermer son clapet, dans sa bicoque, à mon Freud de Normandie.

Quand j'entre dans son cabinet, il a toujours ce regard pénétrant qui me fixe bizarrement comme un entomologiste fixe un papillon avant de l'épingler sur un carton.

Aucune véritable humanité, juste une bienveillance condescendante et des propos faussement encourageants dont il se débrouille pour me faire comprendre qu'il n'y croit pas vraiment, qu'il me considère comme un patient sans importance, comme un papillon déjà en train de sécher sur son carton, juste un item qui contribue modestement à son train de vie. Ce n'est même pas sûr qu'il me méprise tellement je ne suis rien.

Peut-être éprouve-t-il un vague écœurement de devoir faire ça pour gagner sa vie ?

Oui, il doit être écœuré de faire ça, avec des presque riens comme moi, pour assurer son train de vie de notable.

Il finit la bouteille au goulot et en débouche une autre.

Il ne se contrôle plus, le flot est continu.

-   Comment ai-je pu me sentir mal à l'aise devant ce type, assis dans son fauteuil, à côté de son imposante bibliothèque, héritée de son grand-père, paraît-il, installée pour m'impressionner, moi le quidam qui ne lira jamais les bouquins qu'elle contient ?
    Combien de fois n'ai-je pas été complexé, pétrifié, paralysé devant ce type ?
    Il m'a dominé dans un moment de faiblesse. Il a été assez habile pour que je vienne vers lui alors que lui n'est jamais venu vers moi. Comme ça, dès le début, il a été le dominant qui essaye de faire croire qu'il ne veut pas l'être mais qui sait que je sais qu'il l'est et qui est satisfait que je le sache.

Je devine le petit sourire intérieur qu'il doit avoir quand je m'allonge maladroitement sur son divan.
Moi, je ne supporte pas d'être allongé avec mes godasses. Pas du tout.
Ça me met en situation d'inconfort physique et psychologique.
Je me sens comme une tortue sur le dos, pataude, grotesque, incapable de se redresser malgré les mouvements frénétiquement mous de ses pattes.
Et lui, il doit bien le ressentir, mon malaise.
Qui s'allonge avec ses chaussures chez soi ? Personne. Jamais.
Où qu'on soit, quand on s'allonge pour se sentir à son aise, on enlève ses chaussures.
C'est un truc qu'ils ont inventé pour nous foutre en difficulté, subtilement.
Qui oserait demander à son psy « Docteur, vous ne voyez pas d'inconvénient à ce que je retire mes chaussures ? » Personne.
C'est peut-être ça, la hantise du psy : recevoir un patient qui aurait le toupet de lui demander ça, ou pire, un patient qui, sans rien demander, prendrait son temps pour enlever ses chaussures. La gauche puis la droite.
Puis ses chaussettes. La gauche puis la droite.
Et qui rangeraient le tout au pied du divan, les deux chaussures bien parallèles, les chaussettes bien rangées dedans, avant d'aller s'allonger posément.
Comme s'il se mettait au lit à la maison !
J'en rêve ! J'en rêve de voir sa trombine, à mon psy, dans une telle situation.
Completely Flabbergasted[14] qu'il serait, comme disent les anglais.
Bref, il doit se sentir puissant, mon professionnel tarifé, les miches calées dans son fauteuil favori, auprès de la

---

[14]Stupéfié, estomaqué, pétrifié, abasourdi, médusé, interloqué.

bibliothèque de grand-papa et en face d'une tortue en perdition.

Il a un doute.
- Quoique ... Parfois, j'ai l'impression que son irritation est sincère.
  Il semble vraiment éprouvé, comme s'il était personnellement touché par mon état.
  Je n'ai jamais compris ses réactions dans ces moments-là. Il est bizarre, ce type.

Edmond, d'une rasade généreuse, évacue ce doute. Il est grisé par son monologue, comme un plongeur par l'ivresse des profondeurs. Il se sent en état d'hyper lucidité, il a l'impression de remonter vers la lumière en s'affranchissant des paliers de décompression, de plus en plus vite.
Et tout s'emballe.
- Je suis éreinté mais ça m'a fait un bien fou de dire ce que je ressentais.
  Jamais je n'aurais pu dire le dixième de tout ça dans le cabinet de mon psy.
  Surtout pas le coup des chaussures bien rangées au pied du divan. Il ne l'aurait pas supporté, il a certainement un seuil de tolérance, ce brave homme, et je l'aurais pulvérisé, son seuil de tolérance, atomisé, explosé, et lui avec !

Il respire profondément, voluptueusement, dans un état second.
- C'est fou comme j'ai l'impression d'avoir desserré l'étau et de me sentir léger comme si j'avais brisé une carapace, la carapace de la tortue, la tortue qui s'est remise sur ses pattes toute seule, sous le regard passif de l'autre zèbre, *completely flabbergasted*.

Et je n'ai même plus le sentiment d'être responsable de toutes les conneries environnantes.

Merde alors ! Rien qu'en causant tout seul, j'aurais réussi à me sortir du marasme, comme un papillon qui sortirait de sa chrysalide après des années d'enfermement, comme un papillon qui se serait arraché du carton pour retrouver sa liberté de voler, sa liberté volée.

Edmond s'endormit comme une souche sur cette illusion de rebond, cette impression d'avoir crevé l'abcès, de s'être durablement ragaillardi.

Le lendemain matin, l'illusion s'était évaporée avec les vapeurs d'alcool et il ne lui restait plus que l'impression d'avoir déliré et une bonne gueule de bois.

Il se sentait encore plus vide, frigorifié de l'intérieur.

Ce n'était pas la première fois.

Ce n'était pas la première fois qu'il s'en prenait virtuellement à son psy.

C'était son obsession. Peut-être parce que c'était sa seule relation suivie depuis des mois.

Il était de plus en plus partagé à son sujet. Il lui semblait que ses irritations dépassaient le cadre de la simple réaction du thérapeute dont les pratiques n'aboutissaient pas.

Une illusion certainement.

Qu'en avait-il à foutre de ce pauvre monsieur Edmond ?

Il devait avoir des cas plus intéressants. La relation n'était pas équilibrée, il n'avait qu'un psy qui lui avait plusieurs patients. L'un focalisait et l'autre diffusait.

Les lois de l'optique sont implacables, comme celles de la pesanteur, et amènent quiconque ne les maîtrise pas à se casser la gueule.

Mais quand même, les réactions de son psy l'intriguaient, il n'en démordait pas.

Il aurait pu lui demander d'aller voir un autre confrère, après un an et demi de thérapie infructueuse, mais il semblait s'acharner sur son cas.

Ou alors, la réfection du toit de la maison en Normandie coûtait plus cher que prévu.

Non, il y avait autre chose … Enfin, peut-être.

Edmond sait des choses sur son psy

Edmond savait pas mal de choses sur son psy.

Par exemple, il connaissait l'existence de sa maison en Normandie dont il s'était procuré l'adresse[15]. Il s'était rendu sur place, un moyen comme un autre de tuer un dimanche après-midi.

C'était une belle et imposante maison traditionnelle, à colombage, avec un corps de bâtiment à deux étages, de belles cheminées, des encorbellements et tout ce qu'il faut pour avoir une vraie maison traditionnelle.

Le toit en ardoises était en cours de réfection.

D'après la surface de la toiture et la quantité de matériel étalé sur le terrain, Edmond se dit que le chantier devait effectivement coûter cher au proprio.

Il était impressionné par la maison. Il était surtout impressionné par le fait de posséder une telle maison, lui qui louait un studio meublé sans âme.

Non pas que la maison lui plaisait, ni la région d'ailleurs, mais le fait d'en être propriétaire devait procurer le sentiment de faire partie de quelque chose, d'avoir une responsabilité sur quelque chose. C'était une impression qu'Edmond avait du mal à matérialiser.

Ou alors, on devait se sentir comme un bivalve qui aurait trouvé un rocher sur lequel s'arrimer solidement pour cesser d'être ballotté par les courants et les flots.

Oui, ça devait ressembler à quelque chose comme ça.

Une situation qu'Edmond pouvait mieux appréhender[16].

---

[15] Ne pas oublier qu'Edmond fut détective privé dans « L'affaire du parapluie magique »

[16] Lire la nouvelle « Adios el mollusqos » pour comprendre ce qu'Edmond peut ressentir.

Son psy devait être fier de posséder cette maison. Il devait se sentir comme un capitaine au long cours lorsqu'il se tenait debout au balcon de la plus haute des fenêtres. Il devait se sentir seul maître à bord après Dieu lorsqu'il contemplait le panorama de la campagne normande entourant son domaine.
Il en avait hérité de son grand-père, comme l'impressionnante bibliothèque qui dominait le divan dans le cabinet.
Et qui dominait Edmond, une fois par semaine.
Edmond haïssait cette bibliothèque qui représentait la puissance dont étaient dotées certaines personnes mais pas lui.

Il savait que la famille de son thérapeute était une famille d'industriels traditionnels, conservateurs, vieille France et plutôt en perte de vitesse. Il ne savait pas dans quel domaine exactement mais dans quelque chose qui commençait à péricliter.

Un autre patient, rencontré par hasard, lui avait dit que le Docteur avait récemment divorcé.
Il n'avait pas beaucoup plus d'information mais cela suffisait pour l'impressionner.
Marié, déjà, ce n'était pas mal. Mais divorcé en plus !
Cela prouvait qu'il rencontrait des gens et qu'il pouvait les séduire, les convaincre de s'engager avec lui puis qu'il était capable de changer d'avis et de les quitter.
Il voyait dans ce divorce la manifestation d'une force de caractère, d'une capacité à faire des choix de vie excitants et courageux. C'était la manifestation d'un homme qui avance.

En fait, tout l'impressionnait chez cet homme.

Il imaginait des relations amicales, amoureuses, professionnelles et familiales qui devaient être variées, passionnantes, intenses, des rencontres imprévues, des aventures, des voyages, des projets ...
Tout cela devait permettre au thérapeute de mener une vie bien remplie et épanouissante dans laquelle la place qu'il occupait, lui, le petit monsieur Edmond, devait avoisiner le zéro absolu.
Après un bon repas avec des amis ou un week-end en amoureux, le retour au cabinet pour se retrouver face à un Edmond devait constituer un choc, une bascule dans le médiocre univers d'un patient lambda.
À ce moment-là, et seulement à ce moment-là, Edmond avait une importance dans la vie de cet homme mais de quel piètre niveau.
Il était normal qu'il lui demandât un bon prix.
Plus qu'une rémunération, un dédommagement.

Mais quand même, il y avait les irritations épidermiques du Docteur pendant les séances qui ne cadraient pas avec ce tableau.
Il aurait pu laisser couler tranquillement les séances jusqu'à leurs termes sans s'énerver, quitte à penser à autre chose pour tuer le temps. Et basta !
Alors pourquoi ces réactions ?

Et pourquoi avait-il cette attitude apathique, cet aspect physique mollasson, ce regard parfois lunaire, abattu, alors qu'il avait tant de choses dans la vie, tant de dimensions exaltantes pour se réaliser ?
Pourquoi ?
Un enfant trop gâté par la vie ?
Probablement.

La vérité sur la maison du psy

Il se trouvait face à sa maison en Normandie.

Il se trouvait face à l'immense chantier de réfection de la toiture qui durait depuis des mois et qui semblait ne pas avancer.

Il fixait la maison et le chantier, les bras ballants, écrasé par le spectacle.

Il finissait par ne plus savoir ce qu'il regardait : un bateau en cale sèche, un squelette de Léviathan en cours de reconstruction dans un musée océanographique, le chantier d'une maison perdue au fond de nulle part ...

Et merde ! C'était bien ça.

Et c'était sa maison.

Et c'était en Normandie.

Jamais un spectacle ne l'avait autant déprimé.

Il haïssait cette maison.

Elle était froide, sombre, inconfortable et lui mangeait la moitié de ses revenus.

Et cette région normande !

Pas foutu d'y avoir le réconfort d'un seul rayon de soleil depuis des mois.

Il était impuissant face à ce truc immense et moche et mal foutu.

Pourtant il était le maître d'ouvrage, le commanditaire, le payeur, le vrai patron.

Mais il ne contrôlait rien.

Le chef de chantier, couvreur depuis trente ans, était optimiste et trouvait que le chantier avançait bien en dépit des conditions météo et de l'état lamentable de la charpente.

Mais cet homme parlait une langue incompréhensible.

Il avait l'air si sûr de lui, employait des mots si mystérieux qu'il était impossible de le contredire. Pour le contredire, encore aurait-il fallu comprendre ses raisonnements à base de liteaux, de chevrons, d'enchevêtrures, de mortaises, de contre-lattes et d'épaufrures.

Oui, cet homme parlait d'épaufrures[17], couramment.

À chaque question posée par le propriétaire, et Dieu sait qu'elles étaient rares, le chef de chantier susurrait une réponse sur le ton qu'on emploie pour s'adresser à un enfant pas très futé que l'on cherche à ménager.

Les deux hommes étaient totalement étrangers et il n'existait pas plus de possibilités de communication entre eux qu'entre un chat et un chien : ils se regardaient, ils se voyaient, ils se sentaient, ils s'entendaient proférer des sons mais ça n'allait pas plus loin.

Les *faiseurs* avaient toujours angoissé le psy. Il appelait *faiseurs* tous ceux qui contrôlaient l'univers du concret, du fonctionnel, du pratique. Les ingénieurs, les techniciens, les spécialistes en tous genres, enfin bref, tous ces champions du rationnel, du pragmatique, de l'efficient.

Leurs capacités à concevoir et à faire fonctionner des mécanismes basiques comme un moteur, une chasse d'eau, une prise électrique, un réfrigérateur, ne pouvaient être que la preuve de leur appartenance à une autre catégorie d'humains que la sienne.

Et leurs capacités à transmettre leur savoir-faire étaient encore plus inquiétantes, c'était l'évidence que ces gens appartenaient à une secte prosélyte qui gagnait du terrain, qui gangrénait toutes les strates de la société.

---

[17] Défaut de surface dû à un choc ou à des intempéries sur le parement ou l'arête d'un élément de béton durci ou d'un bloc de pierre, constitutifs d'un pont ou d'un bâtiment.

Il évitait de leur parler car le vertige le saisissait dès qu'il entendait leurs jargons et il redoutait la question la plus intolérable qui soit et que ces gens finissaient toujours par poser :
-	Vous voyez ce que je veux dire ?

Eh bien non ! Il ne voyait jamais ce qu'ils voulaient dire. Jamais.
Il ne voyait que le vide sous ses pieds dans lequel il rêvait de disparaître pour leur échapper.
Il s'en tirait en prétextant une urgence et en sortant sa formule de survie :
-	Je vous fais confiance. Faites au mieux.
Et il se retirait au plus vite, n'importe où mais hors de portée de ces gens.
Oui, surtout hors de portée de ces gens.
Et les autres faisaient au mieux, pour leurs finances le plus souvent.
Mais mieux valait une surfacturation qu'une confrontation.

Il se trouvait face à sa maison en Normandie.
C'était un héritage familial. Son grand-père, toujours vivant, lui en avait fait don pour ne plus prendre en charge les frais d'entretien.
Le petit-fils avait accepté, comme toujours, les décisions du grand-père.

Le crachin s'intensifia, sans laisser l'ombre d'une chance d'amélioration du week-end.
Il repartit pour Paris parce qu'il n'y avait rien à faire ici.
Rien, pas même garder l'espoir que cette baraque parte en fumée, avec le climat de la région.

Une vraie journée de psy

Retour à Paris.

Retour au cabinet, le lundi matin.

Il ouvrit la porte et, avant même d'allumer la lumière, il sentit la présence de l'impressionnante bibliothèque normande qui dominait la pièce. Un mirador plus qu'une bibliothèque à ses yeux. Un héritage que grand-papa lui avait fait promettre de garder sur son lieu de travail. Certainement pour lui rappeler la puissance et l'omniprésence de la famille.

Il détestait cette bibliothèque autant que la maison : sinistre et ne lui procurant aucune satisfaction. Il ne parvenait pas à en faire abstraction pendant les heures de consultation. Grand-papa avait encore frappé.

C'est son grand-père qui avait choisi son prénom : Philippe Helmut.

Dieu sait qu'il ne pouvait plus supporter la Normandie ni ses traditions mais, dans ce cas précis, il aurait volontiers échangé cette dénomination contre un Barnabé ou un Théodore du bocage.

Son grand-père idolâtrait le Maréchal Philippe Pétain et avait entretenu des relations cordiales avec les autorités allemandes pendant la guerre. Par nostalgie pour cette période, qui fut fort profitable à l'entreprise familiale, il avait tenu à perpétuer la mémoire du grand homme et de ses alliés au travers de son petit-fils. Une longue histoire ou plutôt une révision de l'histoire par grand-papa.

Ils en avaient discuté tous les deux, longuement. Enfin, surtout grand-papa.

En conséquence de quoi, il se prénommait Philippe Helmut.

Philippe Helmut chassa grand-papa de son esprit et consulta son emploi du temps de la journée.
- ➢ Patient N°1.
- ➢ Déjeuner.
- ➢ Patient N°2.
- ➢ Dîner avec grand-papa et quelques-uns de ses amis, investisseurs potentiels dans les affaires familiales, qui étaient descendus s'encanailler à la capitale. Une invitation qu'il était impossible de refuser. En fait, une convocation.

Ce n'était pas facile de le chasser, le grand-papa.
Ce n'était pas facile de se motiver pour cette journée.

Le premier patient devait arriver dans une heure. C'était le délai idéal pour préparer sereinement l'entretien à partir de ses notes.
Il avait le dossier du patient entre les mains, il le feuilletait mais son esprit divagua rapidement loin du cabinet, loin de la Normandie.
Son esprit le fit dériver du côté de la Provence dont il rêvait de sentir le doux soleil de printemps sur la peau. Il se voyait sur le balcon d'un petit trois-pièces (ça lui suffirait), dans un petit port (loin des pâturages normands), dans une copropriété (permettant le partage des frais de réfection de la toiture). Un petit paradis.

Il avait toujours passé ses vacances en Normandie. Depuis son plus jeune âge.
Enfant, il rêvait de se baigner dans les eaux tièdes de la Méditerranée et d'en sortir enveloppé d'un air chaud et parfumé, mais il fut condamné aux bains de mer dans la Manche, froide dedans et froide dehors.
- Ces bains de mer sont plus toniques pour les jeunes gens que les bains dans les eaux lénifiantes du sud,

disait son grand-père en accompagnant Philippe Helmut sur les plages venteuses de la côte d'Opale.

Adulte, il était sommé de participer aux vacances dans la propriété familiale. L'été, l'hiver, pour Pâques, pour toutes les fêtes et anniversaires.

Le refus n'était pas une option.

À ce jour, son seul acte de résistance contre la Normandie et en faveur de la Provence avait consisté à choisir, année après année, un calendrier des postes représentant un paysage plein du soleil du sud de la France et à rejeter, sans concession, toutes les représentations de paysages ruraux verdoyants.

Il se laissa transporter en pensée vers la Provence.

C'était délicieux, presque voluptueux et, par conséquent, cela ne dura pas longtemps.

La sonnette de la porte d'entrée se fit entendre. L'heure s'était écoulée en à peine cinq minutes. La vitesse avec laquelle le temps s'écoulait en Provence l'étonnait toujours. Le patient était un peu en avance, Philippe Helmut le fit entrer.

C'était un inspecteur des impôts à la retraite qui venait consulter depuis peu et qui avait deux sujets d'indignation dont il ne pouvait pas ne pas parler.

Philippe Helmut avait décidé de le laisser s'exprimer librement sans intervenir.

Ça l'arrangeait. D'une part, il ne voyait pas comment établir une communication avec ce petit homme extrêmement tendu, et d'autre part, il sentait que son patient avait tant besoin de parler que la meilleure chose à faire était de le laisser se répandre tout son soûl.

Il le laissait développer ses deux causes d'indignation favorites : les crottes de chiens sur les trottoirs et la collecte de l'impôt.

Philippe Helmut nota dans le dossier qu'il devrait éviter les rendez-vous trop matinaux car le sujet des crottes de chiens après le petit déjeuner était pénible. Il nota qu'il faudrait aussi éviter l'immédiat après déjeuner. Ces deux notes dûment enregistrées, il leva la tête au moment même où le petit homme ouvrait les vannes.

Ce jour-là, son choix s'était porté sur le scandale des crottes de chiens sur les trottoirs.

Philippe Helmut s'enfonça profondément dans son fauteuil, planta les coudes sur ses cuisses, le menton reposant sur ses mains croisées. Inconsciemment, il plaqua les doigts contre ses narines, en apparence pour adopter une position d'écoute intense, mais peut-être y avait-il aussi un geste de protection contre une agression virtuelle.

Le petit homme volubile commença, assez énervé :

-   Vous n'allez pas me croire mais c'est de pire en pire, Docteur, de pire en pire.

    En sortant de chez moi, j'ai emprunté les larges allées arborées spécialement aménagées pour les promeneurs, lorsque j'ai encore croisé ce type qui promenait son chien. Son chien faisait son pipi et son caca du matin, en toute décontraction, sur la partie centrale des allées et cet homme s'est mis à contempler les excréments de son animal avec une attention qui m'a sidéré. Probablement cherchait-il à en tirer des informations sur le transit de son animal. C'était écœurant. Un homme apparemment équilibré, se livrer à ce type d'activité dès le réveil ! Vous ne trouvez pas ça écœurant, Docteur ?

-   Continuez, je vous en prie.

Le petit homme ne se fit pas prier :

- Comme vous, Docteur, je trouve ça écœurant. En passant à son niveau, je l'ai regardé droit dans les yeux et, vous n'allez pas me croire, mais il n'y avait aucune gêne dans son regard. Il pouvait, au grand jour, au vu et au su de tout le monde, faire répandre les excréments de sa bestiole là où les autres marchent tranquillement, là où des enfants courent et jouent, et il n'avait aucun sentiment de culpabilité. Aucun.
Incroyable, n'est-ce pas ! Incroyable !
Alors, j'ai accéléré le pas, je n'en pouvais plus. C'est pour ça que je suis un peu en avance, Docteur, il fallait que je vous en parle au plus vite.
- Évidemment.
- Comme vous, Docteur, je me posais cette question « Des gens peuvent-ils laisser les étrons de leurs chiens à l'endroit où courent les enfants des autres ? Peuvent-ils ? »
Docteur : la réponse est affirmative, je vous l'affirme.

Silence prolongé du Docteur.
- Et ils sont des centaines, des milliers, des millions et ils sont partout et tout le temps, l'été, l'hiver, qu'il pleuve, qu'il neige, la nuit, le jour, les dimanches ... C'est incroyable, rien ne les arrête.
Alors, comme vous, j'ai cherché une solution pour mettre fin à ces déviances et j'ai trouvé. J'ai trouvé. J'AI TROUVÉ.

Le petit homme avait haussé la voix pour annoncer son Eurêka :
- J'ai trouvé, Docteur. Les impôts. Les impôts vont sauver tout le monde. Vous m'entendez ? Ceux qui ont des chiens, ceux qui n'en ont pas, les petits enfants, les vieilles dames ... tout le monde. LES IMPÔTS VONT TOUS NOUS SAUVER. TOUS.

Le petit homme avait encore haussé la voix, il avait presque crié.

Philippe Helmut crut bon d'intervenir d'une voix apaisante :

- Verbalisez mais … calmement. Je vous écoute.
- J'ai imaginé un système HYPER SIMPLE, DOCTEUR …
- Bravo mais continuez calmement, d'accord ?
- Les municipalités devront prélever un impôt sur les chiens. Chaque chien devra porter une vignette renouvelable tous les ans, le prix sera fonction du poids de la bête. Disons 30€ le kilo … non, 40€, le premier kilo sera gratuit et au-delà de 10 kilos, c'est 100€ le kilo. Les chiens sans vignette seront euthanasiés. Les propriétaires auront le choix entre déduction forfaitaire ou frais au réel. Vous voyez comme c'est simple, Docteur ?
- Remarquable.
- Il faut juste rédiger les arrêtés municipaux et le scandale des trottoirs souillés sera réglé. Il restera le cas des petits chiens, des caniches, des chihuahuas, des yorkshires mais ils font de petites crottes et elles sont faciles à ramasser, leurs petites crottes. N'est-ce pas ?
- Bien sûr.

Philippe Helmut regardait son patient et se demandait ce que ce type pouvait bien avoir dans la tête pour en arriver à ne penser que crottes de chiens et impôts.

Puis, il se rappela que sa profession consistait justement à essayer de répondre à cette question.

Il lui demanda très professionnellement :

- Vous avez fini ?
- Non, Docteur.
- Très bien. Continuez.

-   Il faut que j'aille jusqu'au bout, sinon ... je vais ... je vais ... je sens … que je vais me sentir mal.
-   Allez jusqu'au bout, mais allez-y calmement.
-   Merci. Vous allez me dire, Docteur, et vous avez bien raison, qu'il reste les riches qui ont les moyens d'avoir de gros chiens.
    Eh bien, on va les surtaxer. Vous m'entendez, on va bien les surtaxer, et très cher, les crottes des gros chiens de riches, ON VA LES SURTAXER TOUTES LES GROSSES CROTTES DES GROS CHIENS, ON VA LES SURTAXER ... TOUTES …

Le petit homme s'était redressé brutalement sur le divan pour finir sa démonstration. Il s'arrêta, en sueur, essoufflé, puis se recoucha d'un seul coup pour récupérer.
Au grand soulagement de Philippe Helmut qui ne savait jamais comment réagir face à ces « montées dans les tours » de certains de ses patients.
Fallait-il les interrompre ou ne pas les interrompre ?
Son regard se porta sur la grande bibliothèque qui semblait l'observer d'un air réprobateur pour ne pas être capable de répondre à cette question.
Jusqu'à présent, il n'avait jamais eu à déplorer la perte de contrôle d'un patient mais cela le hantait parfois, surtout la nuit.

Philippe Helmut laissa le petit homme se reposer et se taire pendant les cinq dernières minutes. Il en fit autant car la vigueur de son patient l'avait éreinté nerveusement.
Le patient était satisfait. Il avait réussi à concilier les deux grandes préoccupations de sa vie : les crottes de chien sur la voie publique et l'impôt pour la république.
Il se leva, fatigué, mais comblé.
Philippe Helmut appliqua sa technique de fin de séance, la seule technique qu'il contrôlait à peu près. Il regarda son

patient droit dans les yeux, d'un regard qu'il voulait pénétrant, lui serra fermement la main en le repoussant subtilement vers la porte et lui lâcha l'une de ses phrases professionnelles qui clôturaient systématiquement les entretiens :

- C'est parfait d'avoir pu verbaliser aussi clairement vos préoccupations. Vous faites de gros progrès, c'est très prometteur.
- Merci Docteur. Vous êtes formidable. J'ai l'impression d'avoir bien verbalisé aujourd'hui.
- Oui, c'était très bien. Vraiment ... très bien. Au revoir, à la semaine prochaine.

Philippe Helmut ferma la porte et se rendit derrière son bureau, en contournant le petit guéridon par la gauche pour passer le plus au large possible de la grande bibliothèque.
Il sortit son grand cahier de notes.
Il ne voulait pas utiliser d'ordinateur pour éviter d'être confronté à la technologie et à ces vendeurs d'informatique encore plus incompréhensibles que les couvreurs.
Son grand cahier était structuré en quatre colonnes : le nom du patient, la date de la séance, la formule de fin d'entretien et la quatrième, la plus large, la plus importante, celle qui devait contenir l'analyse de la séance et autres remarques professionnelles pertinentes.

Philippe Helmut remplissait systématiquement les trois premières colonnes avec grand soin, notamment la troisième, celle qui contenait la formule de fin d'entretien. L'essentiel de son message passait au travers de cette courte formule.
Il avait mis au point dix formules différentes et veillait à ne jamais employer la même deux fois de suite avec le même patient. Mieux, il veillait à employer les dix formules à tour de rôle en espérant qu'au bout du dixième rendez-vous le

patient ne se souvienne plus de celle utilisée lors du premier et ainsi de suite.

Il nota donc dans la troisième colonne « C'est parfait d'avoir pu verbaliser aussi clairement vos préoccupations. Vous faites de gros progrès. C'est très prometteur ».

La formule Numéro 1, sa préférée.

Puis il réfléchit longuement avant de remplir la quatrième colonne, la plus large, la plus importante, celle qui contenait l'analyse de la séance.

Il y renonça, comme d'habitude.

Cette incapacité chronique à remplir la quatrième colonne n'était pas reluisante, elle lui donnait le sentiment d'arnaquer ses patients.

Il culpabilisait d'autant plus qu'il passait déjà une bonne partie des séances à rêvasser à la Provence, à la douce chaleur du Midi, à la superbe lumière d'un coucher de soleil, pendant que le patient parlait, parlait ... Enfin qu'il verbalisait.

Il avait souvent l'impression que le plus professionnel des deux était le patient.

Mais pourquoi avait-il fallu que son grand-père l'inscrivît en faculté de psychologie après son baccalauréat ? Pourquoi ?

Philippe Helmut rata l'heure du déjeuner.

La vue de son prénom sur l'une de ses cartes professionnelles qui traînait sur le bureau le ramena loin en arrière, le jour où il apprit la signification de ses prénoms, au cours d'une conversation avec son grand père.

Un jour mémorable qu'il aurait aimé ne jamais vivre.

Dieu merci, le temps passant, la connotation historique de ses deux prénoms s'estompait et son fardeau s'allégeait, peu à peu.

Mais tellement peu, tellement lentement.

Son grand-père était rentré assez tard d'un banquet de notables et il avait ressenti le besoin de faire passer un message historique à son petit-fils.
En Normandie, les boissons dérivées de la pomme cognent quelquefois très fort sur le mental des buveurs et ce sont les petits enfants qui trinquent.

- Il faut que tu saches la vérité, Philippe Helmut. Je vais te raconter l'histoire du Maréchal Philippe Pétain dont tu portes le prénom et j'aimerais que tu en sois fier, que tu en sois digne. Oublie tout ce qu'on t'a fourré dans le crâne à l'école publique sur cet homme exceptionnel et écoute-moi bien, parce que moi, ton grand-père, j'ai vécu ces événements. Tu comprends ?
- Oui, grand-père.

Il fixait son petit-fils intensément. Dans ces moments-là, Philippe Helmut était disposé à tout admettre pour écourter les entretiens.
- Je te rappelle les faits parce que tu n'es pas brillant en Histoire de France, surtout depuis que tu t'es entiché de ces Aztèques et que tu perds ton temps à étudier leur civilisation de dégénérés. Il va falloir que tu te secoues si tu veux reprendre les rênes de l'entreprise, un jour. Ce n'est pas ces trous du cul d'Aztèques qui t'aideront ! Tu le sais ça, hein ?
- Oui, grand-père.
- Revenons à cette époque. Tu te souviens qu'il y avait Le Maréchal et un petit général ?
- Oui, grand-père.
- Quand même ! Rappelle-toi bien ceci : sans Le Maréchal, le général n'aurait jamais existé. Il a réussi aux dépens du Maréchal, voilà la juste formulation. Il

doit tout au grand homme qu'était Le Maréchal. Tu avais bien retenu ça, Philippe Helmut ?
-   Mais grand-père, c'est le Général qui a gagné la guerre ...
-   Tais-toi ! C'est le Maréchal qui avait imaginé le partage des rôles, l'un à l'intérieur avec les Allemands, et l'autre à l'extérieur, en Angleterre. Ainsi, quelle que fût l'issue de la guerre, la France aurait un représentant du côté des vainqueurs. Le Maréchal s'est sacrifié en restant en France et l'Histoire ne Lui a pas rendu les honneurs qu'Il méritait. Et c'est ce petit général qui a raflé la mise. Je le sais, j'y étais.
-   À Londres ?
-   Mais non, imbécile, à Vichy, avec Le Maréchal ! Il fallait bien que des patriotes restent sur notre sol pour lutter contre les ennemis.
-   Les allemands ?
-   Les bolchéviques, bougre d'idiot ! Le petit général a eu de la chance en partant en Angleterre. Mais ça aurait dû être le contraire.
-   Que ce soit le Maréchal qui parte en Angleterre ?
-   Mais non ! Que le Maréchal reste à Vichy et l'emporte.
-   Mais alors, avec les allemands ?
-   On ne choisit pas toujours ses partenaires dans l'Histoire. Et puis, à cette époque régnaient impeccablement ordre et autorité et pour ceux qui avaient l'esprit d'initiative, comme mon père, il était fort aisé de faire prospérer les affaires.
-   Mais il y a eu des horreurs ...
-   Tu m'agaces avec tes *mais*, Philippe Helmut.
-   Mais ...
-   Tais-toi !
Au fait, je t'ai inscrit à l'école des Frères Bénédictins de la Sainte Croix de la Sainte Trinité. Ils vont t'aider à affirmer ton caractère et remettre à niveau tes

connaissances parce que tu n'as rien appris de bon dans cette école publique. Tu commences lundi matin. Va te coucher maintenant.

C'est la décision qui a provoqué la rupture avec ses copains, ses derniers bons copains.
Et la peur chronique des lundis matins.

Philippe Helmut refit surface. Ces divagations lui faisaient perdre la notion du temps réel dans lequel il avait l'impression de passer de moins en moins ... de temps.
La Provence, sa jeunesse, grand-papa, le Maréchal ... et il avait raté l'heure du déjeuner.
La sonnette de la porte retentit annonçant l'arrivée du patient suivant.
Quelle journée, mais quelle journée !

Une fois le patient et le thérapeute installés à leurs places respectives, le ventre de Philippe Helmut se mit à gargouiller. Il n'avait pas l'habitude de sauter un repas.
Ce bruit incessant et ridicule le mit mal à l'aise. Le patient, lui, ne s'en souciait pas.
Il causait. Dieu merci, c'était un autre causeur invétéré.
C'était un patient formidable parce qu'il était presque autonome et qu'il restait toujours calme.
Les gargouillis devinrent si forts que Philippe Helmut dût mettre les mains sur son ventre pour essayer de les atténuer.
Ce qui n'eut aucun effet acoustique mais lui fit prendre conscience que son ventre s'arrondissait de plus en plus.
Encore une contrariété. Il voulait se mettre au régime et faire du sport pour essayer de maîtriser son poids. Les longues marches dans la campagne normande n'étaient pas suffisantes. Outre que le climat le contraignît souvent à s'équiper de bottes en caoutchouc et de capuches, les paysages constitués de champs, de vaches, de vergers

nimbés d'humidité lui minaient le moral, lui rappelaient son enfance morne dans cette même campagne.

Il devait trouver une solution pour conserver un tour de taille raisonnable. Il se mit à réfléchir au sujet en pleine séance : s'inscrire dans un club de gym, aller à la piscine, courir au bois, acheter un rameur ou un vélo d'appartement ...

-   Mais oui ! Un vélo d'appartement ! s'exclama-t-il tout haut.

Dans le cabinet, la surprise fut totale.

Le patient s'interrompit mais ne fut pas déstabilisé. Bien au contraire. En vieux briscard des cabinets de psy, il intégra les propos de son thérapeute à sa verbalisation. Au bout de quelques secondes de silence il finit par retrouver le bon braquet :

-   Vraiment, Docteur ? Le vélo d'appartement ?
    Mais alors, un chacun ? En face à face ?
    Vous pensez que je pourrais rétablir la communication avec ma femme dans l'exercice physique ?
    Noyer la gêne de la reprise du dialogue dans la transpiration ? Dans l'effort conjoint ?
    Mais oui ! C'est génial ! C'est tellement moins stressant qu'un face-à-face dans un restaurant où on risquerait de rester coincés, sans savoir comment briser la glace. Et c'est bien moins cher qu'un voyage.
    Ah vraiment ! Vous êtes formidable, Docteur, et tellement novateur.
    Merci mille fois, je suis sûr que ça va fonctionner.

Pour une fois, le thérapeute avait quelque chose à écrire dans la zone blanche du carnet de notes, dans cette fameuse quatrième colonne, cette banquise où son cerveau était régulièrement mis en déroute comme les armées napoléoniennes dans la grande plaine gelée de Russie. Dans ces moments de réflexion stérile, son imagination le faisait partir à la dérive, en soldat battant en retraite et en train de mourir de froid, ou alors en pingouin solitaire couvant un œuf dans le désert blanc de l'Antarctique. Suivant le jour, sans savoir pourquoi, c'était l'une ou l'autre de ces situations qui lui venait à l'esprit.

Il partait tellement loin dans ses rêveries, si intenses et si riches en sensations, que lorsqu'il revenait à la réalité, il avait des difficultés à se rappeler le nom et le visage du patient.

Alors il renonçait à trouver quelque chose de pertinent à écrire dans la quatrième colonne.

Ce jour-là, il écrivit « Une thérapie de couple novatrice a été proposée au patient. À suivre. »

Pas fier de lui, il essaya immédiatement de gommer ses écrits. Mais il ne réussit qu'à rendre la blanche quatrième colonne noirâtre et labourée.

Comme la neige de la plaine de Russie après le passage d'une armée défaite.

La journée de travail était terminée et la soirée ne s'annonçait pas très bien.

Il avait accepté la convocation du grand-père à ce repas avec quelques vieilles badernes du patronat normand et cela risquait d'être interminable et au-delà de l'ennuyeux. Les anecdotes sur le bon vieux temps d'avant ces lois sociales, mortifères pour les entrepreneurs à poigne, allaient comme d'habitude amener la conversation vers la belle époque qui avait valu à Philippe Helmut l'honneur discutable de se prénommer Philippe Helmut.

La plupart du temps, après le plat principal, il commençait à somnoler, à se battre pour rester attentif, pour faire de la figuration intelligente. Il accompagnait les autres dans les rires alors même qu'il avait depuis longtemps perdu le fil de la conversation.

Il était temps que cette journée s'achève.
Le lendemain n'avait pourtant aucune raison d'être plus folichon.
C'était mardi et il y avait le rendez-vous avec Monsieur Edmond.
Cet étrange Monsieur Edmond.

La rencontre fortuite entre Edmond et Philippe Helmut

Le mardi suivant était caniculaire.

Ils se rencontrèrent au pied de l'immeuble du cabinet. L'un arrivait un peu en avance - Edmond n'avait rien à faire - et l'autre arrivait un peu en retard - Philippe Helmut avait envie de ne rien faire.

Ils se saluèrent. Ils n'apprécièrent, ni l'un ni l'autre, de se rencontrer hors du cadre habituel, mais il fallait faire avec. Chacun nota mentalement qu'il devrait veiller à éviter que cet épisode misérable ne se reproduisît en respectant mieux les horaires.

Ils entrèrent ensemble dans l'immeuble puis dans l'ascenseur.

La gêne de se retrouver dans un espace exigu, dont toutes les parois étaient recouvertes de miroirs, était extrême. Ils auraient voulu effacer toutes manifestations de leurs présences. Ils ne se regardaient pas, ils ne se parlaient pas. Inconsciemment, ils allèrent jusqu'à retenir leurs respirations. Chacun comprit que l'autre avait entrepris la même démarche ce qui les incita à continuer. Ils tinrent jusqu'au sixième étage et simultanément leurs poumons déclarèrent forfait. Ils firent des efforts désordonnés pour retrouver leurs souffles ce qui renforça le malaise.

Dieu merci, l'ascenseur se bloqua brutalement entre deux étages.

L'incident les sortit de leur situation inconfortable mais pour mieux les plonger dans une situation incontrôlable.

Ils se regardèrent furtivement au travers des miroirs.

Puis ils attendirent que la cabine redémarre mais elle ne redémarra pas.

Ils étaient côte à côte, silencieux, regardant leurs pieds dont ils auraient volontiers accepté l'amputation pour que cette putain de cabine redémarre sur le champ.

-       Comment sortir de cette situation ? se demandaient-ils intérieurement.

Philippe Helmut, en tant que locataire dans cette résidence, pensait que l'initiative devait venir de lui. Il finit par se dire qu'il ne serait pas idiot d'appuyer sur le bouton d'alarme.

-       Mon dieu, comme je suis inepte à gérer les situations de crise. Si grand-père était là, il m'aurait déjà dit vingt fois ce qu'il fallait faire.

Il appuya sur le bouton d'alarme.

Il attendit quelques secondes, appuya une deuxième fois puis une troisième. Sans résultat.

La technologie lui avait souvent joué des tours pendables. Il ne comprenait rien aux mécanismes techniques, ce qui lui importait peu car il laissait ça aux *faiseurs,* mais souvent la technique le trahissait dans les phases d'utilisation courante et dans ces moments-là, il se sentait directement visé. Il avait l'impression que des faiseurs en tous genres étaient à l'intérieur des mécanismes, enchevêtrés avec les rouages et autres composants, et que tout ce bazar l'observait en silence, à travers un œilleton, pour guetter ses réactions dans l'adversité.

Il appuya à nouveau sur le bouton d'alarme.

Edmond, après avoir longuement vérifié que sa pointure était du 43, leva la tête et dit :

-       Ça ne marche pas, Docteur ?

-       L'ascenseur a été réparé le mois dernier, ça devrait marcher.

Philippe Helmut se rappelait des deux techniciens qui avaient bloqué l'ascenseur trois jours durant pour faire des « travaux de remise aux normes exigés par le ministre du logement avant la date du ... ». Ces hommes semblaient si sûrs d'eux quand on les entendait parler, d'un étage à l'autre, en se penchant sans crainte dans le vide et l'obscurité de la colonne, et puis voilà que l'ascenseur ne marchait déjà plus !

L'échec de ces gens le réjouissait. Il ne doutait pas que ces mêmes techniciens allaient revenir aussi sûrs d'eux que la première fois et expliquer de manière péremptoire le pourquoi du comment de la panne. Mais cela lui faisait plaisir de constater que les faiseurs se faisaient coincer par les rouages qu'ils étaient en charge de maîtriser.

Pendant les divagations de Philippe Helmut, qui avaient duré pas mal de temps, Edmond se demandait ce qui pouvait bien se passer dans la tête de son thérapeute :
✓ Prenait-il de la distance avec la situation ?
✓ Avait-il un calme et un flegme à toute épreuve ?
✓ Réfléchissait-il à des sujets importants, en homme efficace, dont le temps était précieux ?
✓ Était-il ennuyé d'être retardé pour des raisons mesquines avec un patient aussi terne ?
✓ Attendait-il une initiative de la part de son coéquipier ?
Cette dernière hypothèse le tétanisa et il se remit à vérifier que le 43 était toujours sa pointure du moment.

Philippe Helmut relisait le message affiché dans la cabine : *« En cas d'arrêt entre deux étages, appuyez sur le bouton d'alarme et un technicien de notre centre de télésurveillance vous appellera rapidement. Restez calme et patient. Merci de votre compréhension. »*

Sans aucun préavis, l'interphone se mit à crachoter des sons nasillards qui firent sursauter les deux voyageurs immobiles et affolèrent leurs rythmes cardiaques.
Les crépitements étaient incompréhensibles et s'arrêtèrent rapidement.

Le silence retomba.

L'inquiétude et l'exaspération commençaient à les gagner.

L'exiguïté de la cabine et la station verticale devenaient pénibles à supporter.

Philippe Helmut tapa plusieurs fois du poing sur la porte tout en essayant de se contenir au mieux. La soudaineté des coups surprit Edmond qui fut déstabilisé au point de basculer dans ses travers chroniques.

Il était sur le point de s'excuser auprès de son thérapeute pour l'avoir mis dans cette situation et il préparait son petit argumentaire de repenti : « Après tout, c'est de ma faute, tout ça. Si j'étais arrivé plus tôt ou plus tard ou pas du tout, nous ne serions pas montés ensemble et peut-être qu'avec le poids d'une seule personne la cabine ne se serait pas bloquée. Je n'aurais jamais dû arriver en avance, j'aurais dû y penser avant mais je ne pense jamais aux conséquences de mes actes et voilà le résultat. Mais je suis le seul responsable, c'est sûr … etc. »

Philippe Helmut était écarlate à la suite des efforts déployés pour taper sur la porte, efforts qu'il poursuivait de moins en moins calmement.

Edmond le remarqua et eut le réflexe salutaire de ne pas en rajouter. Il garda son argumentaire pour lui.

C'est dans des moments comme celui-là qu'il appréciait d'avoir bien cerné la personnalité de son thérapeute.

Philippe Helmut s'adressa directement à Edmond.

-   Tout va s'arranger. Ils vont intervenir rapidement grâce à la télésurveillance. Etant donné les charges que l'on paye dans cette résidence, ils devraient déjà être arrivés.

Mais rien ne se produisit malgré les pressions répétées sur le bouton d'alarme.

Philippe Helmut, que le stress commençait à déstabiliser, ne put s'empêcher d'imaginer un complot ourdi par les techniciens de la société d'entretien. Il abandonna rapidement cette idée ridicule. Néanmoins, ce sentiment de persécution, qui revenait de plus en plus souvent, commençait à l'inquiéter.

Et l'autre, à côté de lui, qui ne disait rien, qui ne faisait rien, qui flottait.

Il se rappela avoir classifié Edmond parmi les patients *flottants*.

L'un des seuls *flottants* qu'il avait conservés. Il n'aimait pas les *flottants* car c'était des taiseux et Philippe Helmut s'était spécialisé dans les *causants* sur lesquels il pouvait appliquer sa méthode basée sur l'écoute intégrale avec le minimum d'interférence du thérapeute. Les patients parlaient pendant toute la séance et Philippe Helmut se contentait de quelques relances témoignant de son écoute attentive, et bien sûr, de sa formule de fin.

Monsieur Edmond était l'exception. Il n'avait pu se résoudre à le refourguer à un confrère qui savait se dépatouiller avec les *flottants*.

Pourquoi avait-il fait une exception ?

Il ne parvint pas à se donner une réponse argumentée.

Il lui demanda :

- Ça va, Monsieur Edmond ?

Cette fois, Monsieur Edmond craqua.

- Non, Docteur. Je suis tellement désolé de vous avoir entraîné dans cette aventure. Si vous aviez été seul, peut-être qu'il n'y aurait pas eu de panne mais à cause de moi, tout s'est bloqué mais je suis seul responsable …

Le thérapeute balança un regard à son patient, via le miroir, qui incita instantanément ce dernier à la fermer.

Le silence se rétablit.

Ils reprirent la contemplation de leurs paires de chaussures respectives.

L'un était prostré pour avoir dit une ânerie.

L'autre pour ne pas trouver quoi que ce soit à dire, pas même une ânerie.

La température montait dans la cabine. Les pressions sur le bouton d'alarme et les coups portés sur la porte ne produisaient aucun effet.

L'immeuble disposait de trois ascenseurs et la panne de l'un d'entre eux ne perturbait pas les allées et venues des résidents. Il n'y avait rien à espérer de ce côté-là.

- Vous savez, Monsieur Edmond, la société de dépannage va arriver bientôt … grâce à la technologie et avec les charges qu'on paye ….

Philippe Helmut se sentit pitoyable d'en être réduit à répéter la même chose que tout à l'heure.

- Oui, répondit Edmond qui trouvait quand même que cinquante minutes sans aucun signe de l'extérieur n'était pas de bon augure.

Philippe Helmut ne put s'empêcher de repenser aux réparateurs, aux couvreurs, à l'électricien sidéré d'avoir été appelé pour remplacer un fusible. Il les imaginait réunis, se tapant sur le ventre en se remémorant des anecdotes piquantes dont il était la risée et …

- Putain de techniciens ! Ils se croient malins mais finalement ça ne marche pas leurs trucs ! Ça ne marche pas ! explosa Philippe Helmut.

La véhémence du propos surprit Edmond qui avait commencé à s'installer dans une semi-torpeur verticale assez confortable.

- Vous avez raison, répondit-il prudemment.

Encore quelques coups de pieds et de poings contre la porte et Philippe Helmut ressentit un début de résignation. Même quand ces faiseurs rataient leurs coups, c'était lui qui trinquait.

Près d'une heure d'attente. Au moins quarante degrés dans la cabine.

Edmond, qui n'avait pas déjeuné et qui à ce moment précis aurait dû jouer le rôle d'une tortue sur le dos, ressentit un besoin impérieux de s'asseoir : hypoglycémie, déshydratation, bouffées de chaleur … Il devint blanc et se laissa glisser le long de la paroi. Il eut juste le temps de se retourner vers son thérapeute pour lui adresser un regard chargé de culpabilité. Un réflexe.

-	Ça va, Monsieur Edmond ? demanda Philippe Helmut en regardant, impuissant, son patient s'affaisser doucement, le dos contre le miroir.
-	Oui, ça va, répondit mollement Edmond.

Philippe Helmut envoya quelques violents coups de pieds contre la porte en solidarité avec son patient. Cela le fit transpirer et il sentit la sueur couler le long du cou, de l'échine dorsale, sous les aisselles. Il détestait cette sensation, il avait l'impression que tout le monde le regardait dégouliner.

Il ne tarda pas à ressentir les mêmes symptômes que son patient. Il desserra le nœud de sa cravate mais cela ne suffit pas.

Il rêvait de faire comme Monsieur Edmond, de se laisser glisser doucement au sol.

-	Lui au moins a osé, se dit-il.

Dans un premier temps, il décida de résister comme grand-père lui aurait ordonné de faire. Puis, à son tour, il s'adossa au miroir et se laissa glisser lentement, presque voluptueusement, jusqu'au sol, les yeux fermés.

Que c'était bon de s'abandonner.

Il se retrouva assis, épaule contre épaule, avec Monsieur Edmond, les genoux relevés, confortablement installé. Il récupéra tranquillement et rouvrit les yeux.

Il n'aurait pas dû, pas si tôt.

En face d'eux, exactement à hauteur des yeux, se trouvait une large plaque en inox, impeccablement nettoyée, qui reflétait à bout portant leurs deux visages.

Mais pas leurs visages ordinaires.

Cette plaque prenait soin de grossir et de déformer les objets qu'elle reflétait.

Les objets en question étaient les visages de nos deux naufragés, mais les reflets représentaient une pastèque et un ananas, avec les feuilles sur le dessus.

Philippe Helmut fut instantanément hypnotisé par son reflet, comme s'il se découvrait tel qu'il était, comme si cela lui révélait crûment ses problèmes.

Il avait donc une tête d'ananas ?

-    Tu as une tête d'ananas, lui répondit la plaque en inox.

Il reçut le message cinq sur cinq. Il ne pouvait plus détacher son regard de son reflet inoxydable, et réciproquement. Il en vint à croire que c'était son reflet qui le fixait et qui ne voulait pas céder. L'un des deux céda et Philippe Helmut en profita pour faire une de ces digressions mentales qu'il contrôlait de moins en moins :

-    Et cette plaque qui est impeccable à cause du conseil syndical qui a demandé à la société de nettoyage de mieux faire son travail. Résultat : je vais passer des heures à me voir transformer en ananas et mon client en pastèque.

Il était encore une fois victime de ces individus pragmatiques qui polluaient sa vie de mille façons différentes, ces besogneux qui arrivaient toujours à leurs fins.

Edmond adopta sa pastèque stoïquement.
Il n'éprouvait ni surprise, ni rejet, ni sentiment de persécution.
Il était mieux armé que Philippe Helmut pour accepter les contrariétés, les réelles comme celles qu'il s'inventait. En fait, toutes celles qui passaient à proximité étaient les bienvenues.

Chacun avait les yeux rivés sur son fruit.
Ils avaient presque oublié où ils étaient et ce qu'ils attendaient.
La chaleur les avait rendus mous et moites.
De corps et d'esprit.

Edmond et Philippe Helmut verbalisent

Ils étaient avachis, côte à côte.
-   Ça va, Monsieur Edmond ?
-   Oui, ça va.

Cette fois, le dialogue sonnait juste.
-   Et vous Docteur, ça va ?
-   Oui, ça va.

Juste et réciproque. Edmond s'en rendit compte et apprécia.

Ils transpiraient de plus en plus. Edmond, le plus atteint physiquement, à la limite de la liquéfaction, se répandit comme les eaux d'un barrage qui craque. Sans retenue, sans calcul.
Il dit tout haut ce qui lui passait par la tête.
-   Ça m'a l'air d'être un sacré bazar, le chantier de votre maison en Normandie.

Philippe Helmut ne fut pas surpris qu'Edmond eût connaissance de l'existence de sa maison et du chantier.
-   Avec tous ces matériaux, ces échafaudages, ils ont complètement salopé vos pelouses.

Il ne fut pas davantage surpris qu'Edmond eût connaissance de détails aussi précis qui prouvaient qu'il s'était rendu sur les lieux pour voir le chantier. Il répondit.
-   J'en ai assez de cette baraque. L'entretien est hors de prix et elle est froide, humide, sombre et tous les ans, il y a de nouveaux travaux à faire, l'électricité, le chauffage, la toiture ... ça n'arrêtera jamais, elle ne sera jamais confortable, je ne la supporte plus ...
-   Vous devriez la bazarder.

Philippe Helmut temporisa.
- Oui, vous avez raison, je devrais la bazarder.

C'était la première fois que Philippe Helmut verbalisait ce désir intense.
- Oui, je vais la bazarder. Avec toutes les vieilleries qui sont à l'intérieur : les pendules, les armoires, les bahuts, les vaisseliers. C'est gros, c'est lourd, c'est triste, c'est vieux, c'est sombre, c'est moche ...

L'énumération de ces meubles lui donna la chair de poule comme s'il les avait face à lui, comme s'il était dans cette maison où, même vêtu d'un pull en grosse laine et chaussé de bottes en caoutchouc, il ne parvenait jamais à se sentir ni au chaud ni au sec.
Bazarder la maison et virer les artisans toujours revenus, lui semblaient être des décisions de bon sens à prendre dès qu'il retournerait dans la vraie vie.
Une évidence.
- Je n'aime pas la Normandie, avoua-t-il.

∞∞∞∞∞∞∞∞∞∞

Philippe Helmut continua.
- Je n'aime pas les normands ni les normandes.
- Mais votre famille est normande.
- Oui.
- Et votre ex-femme est normande et vous l'avez quand même épousée.

Philippe Helmut ne tiqua pas sur le fait que son patient eut également connaissance d'une partie de sa vie privée.
- Oui, soupira Philippe Helmut. Mais elle, j'ai réussi à la bazarder, reprit-il avec la satisfaction de quelqu'un qui a surmonté une épreuve et qui s'en étonne lui-même.
- C'est bien ça, répondit Edmond, sans méchanceté.

- Elle était comme la maison, froide et triste. Normande, quoi !
  C'est mon grand-père qui m'en a fait hériter.
- De la maison ?
- De la maison. De ma femme aussi, c'était une idée à lui, ce mariage.

Philippe Helmut se concentra sur ses dernières paroles. Il était perplexe, comme si cela était arrivé à quelqu'un d'autre, à quelqu'un qu'il n'enviait pas.
Il éprouva des difficultés à se rappeler les traits de son ex-femme. La vie maritale s'estompait sans laisser de traces.
- Ah ! Si on pouvait se débarrasser d'une maison aussi facilement que d'une femme, dit-il.

Son état moral expliquait bien sûr la rudesse du propos.
- Et si je pouvais me débarrasser de cette bibliothèque aussi, cette putain de bibliothèque.
- Saloperie de bibliothèque, renchérit Edmond qui était sur la même longueur d'onde.
- Vous avez raison, je vais la bazarder à la première occasion et la remplacer par ... par rien. Surtout par rien, pour y voir plus clair, plus loin, pour respirer.

Les deux hommes éprouvèrent la même sensation de soulagement à l'idée de faire dégager ce monstre oppressant du cabinet.
De discrets sourires de satisfaction se dessinèrent sur l'ananas et la pastèque en inox.
Une corbeille de fruits confits et confiants.

Un bruit métallique, quelque part, les sortit de leur torpeur.
Ils restèrent en éveil quelques secondes et furent soulagés de ne plus rien entendre.
Ils se détendirent et reprirent leurs positions de repos.

- Monsieur Edmond ?
- Oui, Docteur.
- Pensez-vous que je sois un bon thérapeute ?

Edmond temporisa.
- Je vous préfère dans l'ascenseur, Docteur.
- Moi aussi, je préfère dans l'ascenseur.

∞∞∞∞∞∞∞∞∞

- Docteur ?
- Oui, Monsieur Edmond.
- Croyez-vous que je puisse régler une partie de mes problèmes en venant vous consulter ?

Philippe Helmut temporisa.
- Je n'en sais vraiment rien, Monsieur Edmond. Rien de rien.
- Ce n'est pas grave, Docteur. Merci de votre franchise.
- Tout pareil, Monsieur Edmond. Tout pareil.
- Non, c'est moi qui dois vous remercier. J'insiste, Docteur.

∞∞∞∞∞∞∞∞∞

- Monsieur Edmond ?
- Oui, Docteur.
- Vous pouvez m'appelez Philippe Helmut.
- Vraiment, Philippe Helmut ?
- Oui, Monsieur Edmond.
- Dans ce cas, appelez-moi Edmond, Philippe Helmut.
- D'accord, Edmond.

∞∞∞∞∞∞∞∞∞

- Edmond ?
- Oui, Philippe Helmut.
- Je n'ai pas bien compris votre parcours. Qu'avez-vous fait dans la vie ?
- Rien de bien glorieux …

- Allez-y, parlez librement, ça me fait du bien.
- J'ai commencé par exercer le métier d'huissier ... pendant deux jours. Ça s'est mal passé alors j'ai laissé tomber. Je n'ai pas encore réussi à m'en remettre complètement. Ensuite, j'ai travaillé dans un musée océanographique pendant six mois. J'aimais bien les aquariums, le calme, le silence, le contact avec les mollusques. C'était un vrai paradis, du moins le croyais-je, mais ça s'est mal terminé, un vrai gâchis. Après, je suis devenu détective privé. Je n'ai traité qu'une affaire et je l'ai résolue mais je ne sais pas si je vais continuer, c'est très éprouvant.
  Voilà, c'est tout, Philippe Helmut.
- Vous êtes très éclectique, Edmond.
- Merci, Philippe Helmut, mais je suis plus erratique qu'éclectique, dans tous les domaines. C'est pour ça que je consulte. Je n'ai pas eu la chance de trouver ma voie comme vous.
- Trouver ma voie ! s'exclama le thérapeute. C'est mon grand-père qui a choisi pour moi. Il m'a considéré incapable de reprendre l'entreprise familiale alors, par dépit, il m'a inscrit en fac de psycho et me voilà dans ce cabinet. C'est ça que vous appelez trouver sa voie !
- C'est bien d'avoir un grand-père prévenant.
- Pas lorsqu'il ressemble au mien. Vous vous retrouvez avec un prénom aberrant, une maison et une femme normandes sur les bras, et pour finir, avec un métier que vous n'avez pas choisi.
- Je pensais que vous aimiez votre métier.
- C'est un métier intéressant, mais ...
- Mais ... ?

Edmond l'incitait à continuer.
- Mais ... comme je ne l'ai pas choisi ... des fois, je ne me sens pas légitime et ...

-   Et ... ?

Edmond l'incitait à verbaliser.
-   Et ... je fais de mon mieux ... mais je ne suis pas convaincu d'être compétent, surtout ...
-   Oui, surtout ... ?

Edmond l'incitait à verbaliser.
-   Surtout avec des patients *flottants* ... enfin, je veux dire, des patients délicats, comme vous, Edmond.
-   Merci de votre franchise, Philippe Helmut.
-   Non, c'est moi qui dois vous remercier pour votre indulgence, Edmond.
-   Enlevez déjà cette bibliothèque du cabinet et ça ira mieux pour tout le monde.
-   Oui, c'est promis. Mais quand même ...
-   Mais quand même ... quoi ?

Edmond l'incitait à verbaliser.
-   Je m'en veux de ne pas être plus efficace pour résoudre vos difficultés. Mais ma méthode repose sur l'écoute intégrale alors ça ne marche pas bien avec les taiseux comme vous. En fait ...
-   Oui, en fait ... ?

Edmond l'incitait à verbaliser.
-   En fait ... je n'ai pas de méthode. Parfois, je me demande si je ne suis pas un imposteur. Avec le diplôme en poche, certes, mais un imposteur quand même.
-   Mais les causants peuvent causer, c'est déjà ça.
-   Merci, Edmond. Il y en a même qui n'arrêtent pas de causer. J'ai l'impression qu'ils s'écoutent davantage que moi je ne les écoute, parce que souvent, je décroche. Eux, jamais. Certains sont très pénibles ...

- Pouvez-vous verbaliser pourquoi certains vous semblent très pénibles ? demanda Edmond à son thérapeute.
- Quelquefois j'ai l'impression d'assister à une émission de télé réalité avec le candidat ... le patient qui se met en scène. C'est de pire en pire. Vous savez comment les gens se comportent à la télé ?
- Allez-y, Philippe Helmut, expliquez-moi comment les gens se comportent. Je vous écoute, l'encouragea Edmond d'une voix apaisante.
- Autrefois, les candidats étaient timides et se montraient sous leurs meilleurs jours mais aujourd'hui, ils sont désinhibés, ils veulent leur quart d'heure de gloriole, ils n'ont aucun complexe à afficher leur vulgarité, leur ignorance et les animateurs sont dépassés par ces comportements obscènes. Eh bien, avec certains patients, c'est pareil, Edmond, c'est pareil ... alors ... je décroche.
- Qu'entendez-vous par « je décroche » ?

Edmond incitait son thérapeute à verbaliser.
- Je décroche du cabinet, de la Normandie, de la famille, de la maison et de son putain de toit et je vogue vers le sud. Je m'imagine en train de siroter un rosé bien frais à la terrasse d'un bistrot dans un village de Provence, en n'attendant rien de précis, me laissant guider par les sensations du moment, sans contrainte ...
- Oui, c'est très bien, continuez, continuez.

Edmond l'incitait à verbaliser plus avant.
- Dans ces moments-là, j'envoie tout balader pour faire ce que j'ai vraiment envie de faire sans me demander si grand-papa approuverait. Je reprends le contrôle et ... et ...
- Et ... ?

Edmond l'incitait à verbaliser.

- Et alors, des fois ... je me dis que ... je me dis que ... que j'emmerde le grand-père, que j'emmerde toute la famille. Oui, toute la famille ... OUI, J'EMMERDE LE GRAND-PERE ET TOUTE LA FAMILLE ET TOUTE LA NORMANDIE AUSSI ET TOUS LES NORMANDS ET TOUS CES SALAUDS DE COUVREURS ET ...

Philippe Helmut s'était brutalement redressé pour finir sa verbalisation énervée. Il s'arrêta d'un coup, en sueur, essoufflé, hébété. Puis il reprit une position de repos.

Au grand soulagement d'Edmond qui avait redouté un instant la perte de contrôle de son thérapeute et qui n'aurait pas su quoi faire dans cette situation.

- Très bien. C'est parfait d'avoir pu verbaliser aussi librement vos préoccupations. Vous faites de gros progrès, Philippe Helmut. C'est très encourageant.
- Merci, Edmond. Cela m'a fait beaucoup de bien. Vraiment, merci à vous.
- Mais de rien, je suis là pour ça, répondit Edmond à son thérapeute.

∞∞∞∞∞∞∞∞∞∞

Ils se turent, affalés au fond d'un ascenseur, en lévitation entre deux étages d'un immeuble parisien, bien installés dans la moiteur de leurs corps.

Quand ils ouvraient les yeux, les visages renvoyés par la plaque en inox, légèrement recouverte de buée, ne les surprenaient plus. Ils les trouvaient sympathiques, avenants, ils commençaient à les accepter.

∞∞∞∞∞∞∞∞∞∞

- Philippe Helmut ?
- Oui, Edmond.

- Si vous n'aimez pas les taiseux, pourquoi m'avoir gardé?
- Je ne sais pas.
- Vous n'y avez jamais réfléchi ?
- Si. Quand je décrochais pendant nos séances, je ne pensais pas à la Provence comme avec les autres, mais je me demandais « Pourquoi je ne le refourgue pas à un confrère ? » Mais je n'ai jamais pu m'y résoudre, je ne sais pas pourquoi.
- Merci de votre franchise, Philippe Helmut.

∞∞∞∞∞∞∞∞∞∞

- Edmond ?
- Oui, Philippe Helmut.
- Pourquoi continuez-vous à venir me voir depuis si longtemps alors que je n'ai jamais réussi à vous aider ? Vous ne l'aviez pas remarqué ?
- Si, bien sûr. J'ai même douté de vous, Philippe Helmut. J'ai cru que mon cas ne vous intéressait pas, que vous me méprisiez, que vous ne vouliez que mon argent.
- Pas du tout, Edmond. C'est simplement que je ne sais pas comment m'y prendre avec les cas comme le vôtre.
- Je comprends. Je n'aimerais pas être à votre place avec un patient comme moi.
- Merci de votre compréhension, Edmond.

∞∞∞∞∞∞∞∞∞∞

- Vous savez, Philippe Helmut ?
- Quoi, Edmond ?
- Ce matin encore, je vous enviais pour tout ce que vous aviez : votre métier, vos revenus, votre maison, votre famille, vos amis … je vous imaginais heureux et épanoui.
- Vous vous trompiez sur toute la ligne, Edmond.
- Oui, cela m'arrive tout le temps.
- Je ne suis pas plus heureux que vous qui n'avez rien de tout ça.

- Au moins, ça m'évite l'enfer des chantiers avec les couvreurs et leur matériel qui salope tout.

Philippe Helmut temporisa.
- Dans ce cas, c'est vous le plus heureux, Edmond !

Et ils sourirent à cette gentille boutade.

∞∞∞∞∞∞∞∞

- Philippe Helmut ?
- Oui, Edmond.
- Avez-vous beaucoup d'amis ?
- Je vois du monde … Des collègues, deux ou trois, surtout un. Des amis de la famille, ceux de mon grand-père. J'avais une amie mais comme j'ai dû en épouser une autre, elle ne me cause plus. Mes voisins en Normandie, mais je ne les aime pas vraiment, eux non plus ne m'aiment pas … Et quelques vagues relations par-ci par-là … voilà.
- Ce n'est pas mal.
- C'est nul.
- Non, Philippe Helmut, ne dites pas ça, ce n'est pas si mal.

Edmond l'incitait à positiver.
- Merci, Edmond.

∞∞∞∞∞∞∞∞

- Vous savez, Philippe Helmut ?
- Quoi, Edmond ?
- J'ai failli basculer dans le ressentiment à votre égard, j'ai même commencé à vous haïr.
- Vous me preniez pour un psy dédaigneux et cupide. C'est intolérable pour les patients encalminés dans leurs problèmes comme vous, Edmond.

- Mais maintenant que je sais que vous êtes dépressif, je comprends mieux votre comportement et je suis rassuré.

Philippe Helmut temporisa.
- C'est une bonne chose que je puisse vous rassurer, Edmond. Je n'y croyais plus.

∞∞∞∞∞∞∞∞∞

- Edmond ?
- Oui, Philippe Helmut.
- Quelles relations avez-vous eues avec vos grands-pères ?
- Ils sont morts tous les deux avant ma naissance.
- C'est une bonne chose, Edmond, c'est une bonne chose.
- Probablement, Philippe Helmut, probablement.

∞∞∞∞∞∞∞∞∞

- Edmond ?
- Oui, Philippe Helmut.
- Vous connaissez la Normandie ?
- Non, je n'ai rien à y faire.
- C'est la bonne réponse, Edmond. Il n'y a rien à y faire, sauf pour les normands.
- Vous êtes normand, Philippe Helmut.
- Hélas.
- Mais vous pouvez quitter la Normandie ?
- C'est ce que je fais quand je décroche.
- Je voulais dire, quitter la Normandie pour de bon.

Philippe Helmut temporisa.
- Vous avez raison, je devrais quitter la Normandie pour de bon.
   Oui, je devrais ... pour de bon.

∞∞∞∞∞∞∞∞∞

- Philippe Helmut ?

- Oui, Edmond.
- Allez-vous souvent en Provence ?
- À chaque fois que je décroche.
- Je voulais dire, y allez-vous souvent pour de bon ?
- Jamais. Mais vous avez raison, je devrais y aller pour de bon.

Philippe Helmut temporisa.
- Oui, je vais y aller … pour Pâques, pour de bon.

∞∞∞∞∞∞∞∞

- Philippe Helmut ?
- Oui, Edmond.
- Pourquoi ne changez-vous pas de métier si le vôtre ne vous plait pas ?
- J'ai peur de changer.
- De métier ?
- De changer ... en général.
- Moi aussi.
- Pourtant, vous n'avez pas grand-chose à perdre, Edmond.
- Ça n'a rien à voir, Philippe Helmut. J'ai peur de presque tout, c'est psychologique.
- Comment ça psychologique ?
  Oh oui, bien sûr …
  Des fois, je fais des remarques idiotes, soupira le psychothérapeute.
- C'est parce que vous décrochez trop souvent, Philippe Helmut.

Le psychothérapeute temporisa et … se tut.

∞∞∞∞∞∞∞∞

- Edmond ?
- Oui, Philippe Helmut.
- Vous arrive-t-il aussi de décrocher ?
- Oui, bien sûr.

- Et à quoi pensez-vous ?
- À vous.
- À moi ?
- Oui, à vous.
- Ah bon.

∞∞∞∞∞∞∞∞∞∞

- Edmond ?
- Oui, Philippe Helmut.
- Vous sentez-vous mieux lorsque vous avez pu exprimer votre sentiment de culpabilité ?
  Je veux dire ... quand vous exprimez votre culpabilité à outrance pendant nos séances, ressentez-vous un soulagement proportionnel ?
  Plus précisément, lorsque le sentiment de culpabilité ne vous taraude pas, ressentez-vous un manque ?

Edmond temporisa.
- Philippe Helmut ?
- Oui, Edmond.
- Ne cherchez pas à rattraper trop vite le retard accumulé pendant vos heures de décrochage. Il faudra y aller progressivement, pas à pas.
  Pour vous et pour vos patients.

Philippe Helmut temporisa.
- Vous avez raison.
  Merci, Edmond, merci pour tout.

Le calme avant l'accouchement

Il faisait de plus en plus chaud dans la cabine.

Ils étaient détendus sous l'effet de la chaleur et de leur conversation décousue.

Ils étaient assis, les genoux repliés contre leurs poitrines, les bras autour des genoux, les mentons sur la pointe des genoux, épaule contre épaule.

Les yeux mi-clos, repliés sur eux-mêmes.

Oublieux du monde extérieur, ils se sentaient en sécurité dans cette bulle.

Trempés de sueur et presque roulés en boule.

Trempant dans un liquide amniotique qu'ils secrétaient eux-mêmes.

L'un des deux fœtus post pubères reprit :
-    Il fait bon ici.
-    Tu as raison, il fait bon ici.

Ils fermèrent les yeux.
Ils étaient bien.

L'accouchement des jumeaux

Ils ne ressentaient pas les vibrations de la cabine, cette mère porteuse qui les protégeait.
Ils n'entendaient pas les bruits métalliques que faisaient les réparateurs.
Ils n'attendaient rien puisqu'ils étaient bien.

Un son horrible sortit de la bouche métallique de l'interphone et les arracha à leur béatitude, comme un pansement arraché brutalement qui retire tout sur son passage, la croûte et les petits poils autour.
-    Merci de votre patience. Nous allons remonter la cabine dans quelques instants.

Ils ouvrirent les yeux, regardèrent leurs visages dans la plaque en inox, comme on regarde des amis chers que l'on s'apprête à quitter pour toujours.
-    Merci de votre patience. Nous allons remonter la cabine dans quelques instants.

Ils reçurent le message subliminal, cinq sur cinq :
-    Soyez les malvenus dans le monde réel, les jumeaux dépareillés. Nous vous attendons de pied ferme.

Ils se regardèrent directement dans les yeux.
A la vue du véritable visage du partenaire, chacun réalisa que la parenthèse hors du temps s'était refermée et que la réalité allait l'emporter, une fois de plus.
La cabine vibra et parcourut le demi-étage qui les avait tenus à l'écart du monde pendant plusieurs heures.
La porte de la cabine s'ouvrit.
Pendant quelques secondes il ne se passa rien.

Les groupes de chaque côté de la porte se dévisagèrent comme le firent probablement les conquistadors et les Indiens d'Amérique lors de leur premier face à face.

Les deux naufragés étaient en sueur, hirsutes, débraillés, hagards et regardaient droit devant eux les techniciens en bleus de travail, couverts de graisse, les outils à la main.

Comment imaginer un comité d'accueil pire que celui-là ?

Le chef de la tribu des techniciens engagea le dialogue avec grande délicatesse, comme il convient de traiter des prématurés qui ne semblent pas assez vaillants pour survivre.

- Ça va, Messieurs ? Ça n'a pas été trop dur ? Vous n'avez pas eu peur ?

- Non, pourquoi ? répondirent les deux hommes. C'était très bien.

- Vraiment ? Vous n'avez pas l'air … en forme. Notre compagnie met un service d'aide psychologique à la disposition des personnes qui ont mal vécu un enfermement prolongé. Je pense que ça vous ferait du bien de parler avec un de nos psychologues.

- Quoi ? *Un psychologue d'ascenseur* ? hurla Philippe Helmut au-delà de l'indignation.

  Vous voulez me faire rencontrer un *psychologue d'ascenseur* ? Mais pour qui me prenez-vous ?

- Mais pour qui ils nous prennent ? renchérit Edmond sur le même ton.

- Comme vous voulez, Messieurs, je n'insiste pas.

  Par contre, nos services techniques ne comprennent pas pourquoi l'alarme n'est pas remontée plus tôt chez nous. Vous êtes certains d'avoir appuyé sur le bouton d'alarme ?

Cette fois, ces gens allaient trop loin.

Philippe Helmut se rapprocha de l'irrespectueux et le fusilla d'un regard noir que son air d'ahuri rendait très inquiétant.
Le technicien s'empressa de lui présenter ses excuses.
Edmond foudroya le technicien du même regard.
Le technicien s'empressa de réitérer ses excuses tout en battant prudemment en retraite.

Enfin une victoire sur cette engeance.
Une victoire d'équipe.

Philippe Helmut et Edmond abandonnèrent la salle d'accouchement pour rejoindre le cabinet sans un regard pour les techniciens.
Dignes et indignés, ils prirent l'escalier de service.

Premiers soins après l'accouchement

Philippe Helmut ouvrit la porte du cabinet et fit entrer Edmond.

Sans se concerter, chacun prit sa place habituelle, qui dans le fauteuil, qui sur le divan.

Edmond, avant de s'allonger, demanda :
- Philippe Helmut, vois-tu une objection à ce que je retire mes chaussures avant de m'allonger sur le divan ?
- Aucune, mets-toi à l'aise. Tu vas rire mais je me suis toujours demandé pourquoi les patients ne le faisaient pas. C'est bizarre de rester allongé si longtemps avec ses chaussures. On doit avoir l'impression d'être un gros insecte tombé sur le dos.
- Plutôt une tortue.
- Intéressant, ça doit dépendre des phobies de chacun.
  Et si j'en faisais un argument promotionnel ? Le Docteur Philippe Helmut, le thérapeute qui soigne les phobies par le retrait des chaussures !

Ils rirent discrètement au nez et à la barbe de la grande bibliothèque qu'ils ne remarquaient même plus, comme s'ils l'avaient déjà bazardée.

Tout se passa naturellement.

Au bout de quelques minutes, ils avaient rétabli l'harmonie qui régnait dans la cabine et ils reprirent leur conversation.
- Philippe Helmut ?
- Oui, Edmond.
- Et ton père ?
- Il aimait courir après les théâtreuses, il serait parti avec une certaine Adély, d'après mon grand-père.
- Et ta mère ?

- Elle était instable, elle n'aurait pas supporté l'ambiance familiale, d'après mon grand-père.
- Ça s'est mal passé avec ton grand-père ?
- Il m'a toujours trouvé mou. Je serais un croisement entre Gnangnan et Rantanplan, d'après mon grand-père.
- C'est quand même ton grand-père, Philippe Helmut.
- Le doute serait permis, d'après mon grand-père !

∞∞∞∞∞∞∞∞∞

- Philippe Helmut ?
- Oui, Edmond.
- Tu devrais bazarder ton grand-père.
- Je pensais à la même chose, Edmond. Oui, je devrais le bazarder.
- Ce serait une bonne chose.
- Oui, je vais le bazarder.

∞∞∞∞∞∞∞∞∞

- Philippe Helmut ?
- Oui, Edmond.
- As-tu déjà pensé à bazarder ton prénom ?
- Non, Edmond, j'ai fini par l'accepter.
- Tu as raison. Plus je le prononce, plus je trouve qu'il sonne joliment : Philippe Helmut, doux et équilibré.
- C'est gentil ! remercia le possesseur du prénom biculturel.

∞∞∞∞∞∞∞∞∞

- Edmond ?
- Oui, Philippe Helmut.
- Tu avais vraiment commencé à me détester ?
- Oui, mais ça n'a pas duré longtemps, c'était juste pour évacuer un trop plein de frustration au cours d'une crise.
- Tu ne pouvais pas verbaliser tout ça pendant nos séances ?

- Je ne voulais pas te perturber. Quelquefois, je ne disais que des trucs que tu aimais entendre pour te faire plaisir.
- Tu es un chic type, Edmond. Tu sais, la plupart des patients ne pensent qu'à eux.
- Quand je peux aider ...
- Merci, Edmond.

∞∞∞∞∞∞∞∞∞

- Edmond ?
- Oui, Philippe Helmut.
- Hier, j'ai reçu deux patients et je n'ai pas réussi à rester concentré plus de cinq minutes sur leurs cas.
- Pourquoi ?
- Je crois qu'ils ne m'intéressent pas alors j'ai décroché.
- Ils t'ont fait des reproches ?
- Ils n'ont rien remarqué, ils sont même partis très satisfaits.
- Tu pratiques l'hypnose ?
- Je ne plaisante pas. J'ai suggéré involontairement à l'un d'eux une technique pour rétablir le dialogue avec son épouse.
- Quelle technique ?
- Discuter face à face en transpirant sur des vélos d'appartement.
- Vraiment ! Tu devrais penser à faire publier les résultats de tes recherches.
- Ne te moque pas, Edmond.

∞∞∞∞∞∞∞∞∞

- Edmond ?
- Oui, Philippe Helmut.
- Que fais-tu pour Pâques ?
- J'avais envisagé de faire un voyage au Mexique, j'ai toujours rêvé de visiter les sites aztèques. Ça fait des années que j'y pense mais je n'arrive pas à me lancer.
- Ça alors ! Tu t'intéresses aux Aztèques !

- Oui, depuis le collège.
- Moi aussi !
- Je suis passionné par la période du roi Chimalpopoca.
- Personnellement, je préfère la période de Maxtla, le roi d'Atzcapotzalco.
- Maxtla ! Mais c'est lui qui a fait assassiner Chimalpopoca et de manière sordide.
- Tu ne m'apprends rien. Si Maxtla a été amené à faire ça, c'est uniquement pour éviter une guerre avec la cité Texcoco qui aurait été fatale aux Tenochtitlans.
- Mais tu te méprends complètement Philippe Helmut, complètement. Maxtla a trahi la confiance des Aztèques. Point final.
- Tu ne vas pas ressortir cette vieille théorie qui fait de Maxtla le responsable de la guerre civile de Texcoco !
- Mais les preuves existent, aucun historien sérieux ne peut les réfuter. Il a commandité le meurtre de Chimalpopoca.
- Ah non ! Pas ça ! Par pitié ! Maxtla n'avait rien à gagner à faire tuer ce souverain falot.
- Falot ! Chimalpopoca !

Ils prirent soudain conscience de l'objet de leur différend et se turent, abasourdis par la découverte de cette passion commune.
- Philippe Helmut ?
- Oui, Edmond.
- As-tu déjà visité le Mexique ?
- Non. Pour l'instant, j'en suis tout juste à envisager de passer les fêtes de Pâques en Provence alors …
- Tu as raison, Philippe Helmut, il faut y aller progressivement, pas à pas.
- Exactement, Edmond.

∞∞∞∞∞∞∞∞∞∞

- À demain, Edmond.

-   À demain, Philippe Helmut.

Ils s'endormirent profondément et ronflèrent à l'unisson.
L'un avec les fesses bien calées dans son fauteuil, rêvant du roi d'Atzcapotzalco.
L'autre sur le divan, sans ses chaussures, la tête pleine d'images du roi Chimalpopoca[18].
Un vrai sommeil réparateur, stabilisateur, restructurateur.

Au milieu de la nuit, ils se réveillèrent, victimes de l'inconfort de leur installation.
Un peu dans le coaltar mais plutôt de bonne humeur.
Au moment du départ, Philippe Helmut accompagna Edmond à la porte du cabinet et par réflexe, le coaltar étant parfois très épais, il commença à lui dire :
-   C'est parfait d'avoir pu verbaliser votre ...

Il s'arrêta avant de finir la phrase de fin de séance, sa préférée, la Numéro 1.
Ils se regardèrent et éclatèrent de rire.
Un rire franc et massif.
Leur premier rire depuis longtemps, surtout au petit matin.
-   Je voulais dire : à mardi prochain, cher Monsieur Edmond.
-   À mardi prochain, cher Docteur Philippe Helmut.

Et ils se séparèrent d'encore meilleure humeur.

---

[18]   Atzcapotzalco, Chimalpopoca, Tenochtitlans, Texcoco, Maxtla : tout cela existe vraiment. Wikipédia vous en convaincra mieux que l'auteur.

La convalescence après l'accouchement

Ils regagnèrent leurs domiciles, moins moroses que d'habitude.

Ils ne pensèrent pas au lendemain, cette obsession de tous les soirs et parfois de nuits entières. Il flottait autour d'eux une fragrance agréable, un parfum de « Mardi prochain ».

Ils n'auraient pas pu verbaliser cette sensation mais elle veloutait leur humeur. Et remplacer la toile émeri du quotidien par du velours ne se refusait pas.

Ils reprirent les séances.

Chacun prenait sa place favorite et ils discutaient de tout, de rien, des Aztèques, de la Provence ou ils lisaient le journal ou ils rêvassaient chacun de leur côté.

Parfois, ils faisaient une sieste d'une heure en toute quiétude.

Le cabinet était devenu un endroit agréable et accueillant depuis que la grande bibliothèque avait été bazardée.

Ils multiplièrent les séances au point qu'elles devinrent quotidiennes, Edmond ne payait plus. Ils avaient besoin de cette heure pour lâcher prise et se sentir à l'aise avec quelqu'un qui ne jugeait pas. Ils n'attendaient rien, ils voulaient simplement être ensemble.

Edmond, qui flottait comme un ballon de baudruche sans direction depuis toujours, avait trouvé un rocher autour duquel il pouvait tourner.

Philippe Helmut, qui avait été solidement ligoté à son rocher depuis son enfance, avait réussi à distendre les liens et commençait, lui aussi, à flotter autour du rocher.

C'était une paisible ronde à deux.

La reprise après la convalescence

Philippe Helmut exerçait sa profession avec plus de légèreté qu'auparavant.

Il n'était pas convaincu d'être plus compétent mais il assumait mieux ses lacunes et parvenaient à en combler quelques-unes.

Certains patients, qu'il avait catalogués « difficilement supportables » ou « à refourguer si possible », lui apparaissaient sous un jour nouveau, certains semblaient dignes d'intérêt.

Peut-être pourrait-il envisager de comprendre leurs problèmes ?

Philippe Helmut devenait de plus en plus philosophe.

C'était déjà ça.

Le patient du jour était un causant invétéré qui avait à chaque fois une nouvelle lubie à développer, souvent assez déroutante. Autant certains patients étaient accrochés à des idées fixes, autant celui-là n'arrêtait pas de changer.

- Probablement à cause de ces médias qui poussent les gens à zapper toutes les cinq minutes, s'était dit Philippe Helmut.

Mais aujourd'hui, il trouvait cette hypothèse un peu légère pour un professionnel et il se promit de chercher les vraies causes de ce trouble. Il trouvait cela presque excitant.

C'était son dernier patient avant le week-end de Pâques qu'il passait à Saint Paul de Vence.

- Vous vous rappelez que je suis célibataire, Docteur ? dit le patient.
- Bien sûr, mentit tranquillement Philippe Helmut.

Et le patient parla, parla, et parla encore. Il était intarissable et la méthode de Philippe Helmut, basée sur l'écoute intégrale, n'avait pas que des avantages surtout depuis qu'il avait renoncé à la technique du décrochage. Au bout de cinquante minutes, il réussit à l'interrompre.
-   Très bien. Nous continuerons la prochaine fois à parler de ce sujet passionnant.
    Au revoir et bon week-end, cher Monsieur.
-   Au revoir, Docteur.

Philippe Helmut referma la porte derrière lui.

Toc toc toc !
Philippe Helmut rouvrit la porte et se trouva face à son patient, la mine défaite.
-   Docteur ...
-   Que vous arrive-t-il ?
-   Vous pensez que je n'ai pas bien verbalisé aujourd'hui ?
-   Mais si, pourquoi ?

Philippe Helmut allait mieux et il n'avait plus besoin de se raccrocher à ses formules pour conclure les entretiens. Même la Numéro 1 ne lui était plus nécessaire.
Mais sa patientèle y était très attachée. Dans le cas de ce patient, c'était quasiment une dépendance.
Philippe Helmut, de plus en plus psychologue, le comprit et lui dit :
-   Je réfléchissais encore à vos propos fort pertinents et ... je dois reconnaître que vous avez très bien verbalisé aujourd'hui et je suis très satisfait. Vraiment, continuez comme ça. Vous faites de gros progrès, c'est très prometteur.

Le visage du patient s'éclaira et il repartit vers l'ascenseur, soulagé.

Edmond, de son côté, envisageait de se lancer dans la recherche d'un emploi.
L'entretien d'embauche restait une épreuve redoutable mais il estimait avoir retrouvé une confiance suffisante pour tenter l'expérience.
Philippe Helmut avait promis de lui prodiguer des conseils pour maîtriser le stress au cours d'un entretien. Edmond savait que les méthodes de son ami n'étaient pas les plus fiables de la place de Paris mais il tenait à lui faire confiance.
C'était son ami.

Edmond et Philippe Helmut se ragaillardissent

Edmond et Philippe Helmut ne retournèrent jamais en Normandie.

Ils avaient faim et envie de viande rouge, de patates sautées, de vin et de tarte tatin.
Ils mangèrent tout et se sentirent bien.
-    On dirait qu'on se sent bien, se dirent-ils, incrédules.

Ils froncèrent les sourcils et conclurent :

-    Mais oui, on dirait vraiment qu'on se sent bien.

Ils regardèrent autour d'eux, dans ce restaurant de Saint Paul de Vence, les autres humains qui mangeaient, buvaient, causaient, riaient, se mettaient discrètement un doigt dans une narine, mine de rien …

Ils souriaient.

Et ainsi se ragaillardirent Edmond et Philippe Helmut.
À Saint Paul de Vence.
Au soleil de Provence.

Titres du même auteur disponibles sur le site Amazon :

Texas racket (roman – 2016)

Théâtre cynique et loufoque (recueil de théâtre – 2016)

Trilogie Edmondialiste (nouvelles – 2017)
Taxi voyou (roman – 2019)
Rébellion d'un cornichon (roman – 2020)

Taxi voyou et *Rébellion d'un cornichon* constituent la suite de la *Trilogie Edmondialiste*